英雄にならなかった俺は、
チート双子の
保護者になりました
～最強の創造魔法の使い手なのに、
拾ったちびっこたちには敵わない？～
Bunzaburou Nagano
長野文三郎
ill. saraki

CHARACTERS
トウヤ
ブラック企業に勤め
人生の目的を失ってしまう。
しかし転生後、最強のスキル
【創造魔法】を手に入れ、
念願だった自由気ままな
山暮らしを謳歌
することに。
ソルア
元気いっぱいで
よくしゃべる。
周りを巻きこむ
活発な性格。
常人離れした怪力の
持ち主。
ルナール
物静かで
引っ込み思案な性格。
未来予知能力を
使うことができる。

ガーグル
長命な魔物。口は達者だが
気弱で戦闘能力は低い。
双子からはペットだと
思われているが、
ご意見番的な立ち位置
だと考えている
ララベル
ノンドラック書店の店主。
一見クールに
見えるが情が細かい。
子どもとの関係に悩む
トウヤの良き相談者
でもある。

ベッドランプに照らされた
三人の姿は一枚の名画のようだ。
これまでの俺には無縁だった光景だ。

英雄にならなかった俺は、チート双子の保護者になりました

～最強の創造魔法の使い手なのに、拾ったちびっこたちには敵わない？～

Bunzaburou Nagano
長野文三郎
ill. saraki

目次

1　異世界転移

世界は不条理に満ちていた。あげつらえば切りがないほどだ。だけど、今の俺はそれに憤る元気さえない。

社員の不安や責任感につけ込み、労働力や時間を搾取する企業を人はブラック企業と呼ぶ。また、そうした労働環境を甘んじて受け入れ、感情を押し殺して働く者は社畜と呼ばれる。

社畜とは人間社会のいびつな構造が生んだ哀れな生き物だ。人生の意味や目的を見失い、惰性によってのみ働き続ける存在。そう、すなわち俺のことである。

人もまばらな通勤バスに揺られて俺は今日も会社に向かっている。窓から桜並木が見えているが、蕾がだいぶ膨らんできたようだ。あと一週間もすれば、気象庁から開花宣言が出されるかもしれない。

だからなに？

俺の心はまるで動かない。春がなんだというのだ。いくら暖かくなっても俺の心は桜の蕾のようには膨らまないのである。

たいした給料ももらえず、朝から晩までこき使われ、誰に感謝されるでもなく生きていく人生だ。なにをどう膨らませればいいというのか？

いや、もう本当に心が死にかけているな……。酎ハイのロング缶ではごまかしきれないほどストレスが溜まっているのだろう。そろそろなんとかしなければ手遅れになってしまうかもしれない。

今からでも遅くないからさっさと転職して、次のステージに進むべきであることはわかっている。辞表は二週間前に書いて、ずっとカバンに入っているくらいだ。あとはこれを上司にたたきつけてやれば俺は解放されるだろう。

だけどさ……。

俺はずっとそれができないでいる。やりかけのプロジェクトが終わってから……、引継ぎの段取りをつけてから……、転職先を見つけてから……、さまざまな思いが俺の決意を鈍らせているからだ。組織のしがらみが心底恨めしい。

いっそ、このバスが異世界にでも転移しないかな。

そんな埒もない考えが頭に浮かんだ。ほら、ラノベとかネット小説とかによくあるだろう？主人公が異世界へ転移してしまうファンタジーの話が。

ああいった物語の主人公はチート能力をもらって大活躍したり、ハーレムを作ってみたりと、自由きままに生きることが多いんだよね。俺もそんなのに憧れるなあ。

もっとも俺は冒険やハーレムには興味がない。俺が望むのはのんびりとしたスローライフだ。静かな場所で、なににも縛られず、のんびり暮らせればそれでいい。できれば自給自足をして、国や組織に関わらないで生きていければ最高だけど……。

まずは土地を確保して、それから家だな。畑を耕して、家畜を飼って。それから……。

いつしか俺は妄想の世界に入っていた。

「次は阿形《あがた》病院前。阿形びょ……うぃーん……」

やけに間延びしたバスのアナウンスで我に返った。スピーカーの故障だろうか、斜め前にいる運転手さんも首をひねっている。

「次は……」

おや、またアナウンスが始まったぞ。

「…………」

始まらないんかいっ！

しゃべりかけて止まったアナウンスに心の内でツッコミを入れると、今度はスピーカーから不気味なつぶやきが聞こえてきた。

「アレク　エクス　グローグ……」

なんだ、このおどろおどろしい声は？　まるで意味がわからない。外国人向けのアナウンスとも違うようだ。重なり合うバリトンの声は、どちらかというと魔法の詠唱のように聞こえるぞ……。いや、そんなことあるわけないか。

「コラ　エクスタ　バルーバ……」

くそ、この声を聞いていると脳みそが揺さぶられるような気分になってくる。吐き気までしてきたじゃないか。

「エナ　ヒリット　メズモーラ　来たれ、異世界の者たちよ！」

突然のめまいに襲われ、俺は額に手をあてて目を閉じた。妙な浮遊感があり、足が地面についていないような感じがする。この感覚を味わっているのは俺だけではないようだ。

「うわっ、どうなっているんだ！」

「き、気持ちわる……」

他の乗客たちの声が聞こえるけど、目を開けることができない。やがて耳をつんざくような轟音が鳴り響き、俺は宙に投げ出された。


目を開けると、そこは薄暗い部屋の中だった。石造りの壁にアーチ形の天井で、およそ日本の建築様式とはかけ離れている。まるで昔のヨーロッパのような……。

見覚えのない場所に来て俺は少なからず動揺した。それでも取り乱さなかったのは俺と同じバスに乗っていた人々もそこにいたからだ。

バスの運転手さんや、疲れた顔のサラリーマン（俺が言うのもなんだけど）、通学途中の高校生もいる。そして、俺たちを取り囲むように大勢の人が立っていた。どいつもこいつもフード付きの丈の長いローブを身に纏っている。

その中の一人が一歩前に出てきた。他の人とは違いローブの裾に金の刺繍が入っているので、きっと偉い人なのだろう。

「よくおいでくだされた。異世界の人々よ」

しゃがれた声が俺たちを歓迎した。異世界の人々？　まさかこれは、ファンタジー小説で読んだ異世界転移というやつか！

よくある設定ではあるけど、そんなことが現実で起こるとは信じられない。それとも俺は夢を見ているのだろうか？

あるいは過労で意識を失って倒れてしまっている、なんてことも考えられるぞ。ここは異世界ではなく病院のベッドの上で、俺は点滴を受けているのかもしれない。

俺の困惑をよそに彼はフードを脱ぎ、俺たちに笑顔を向けた。品のよさそうな初老の男性である。

「私は神官長クエン・ゴリナと申します。我々の願いとみなさまの想いが同調した結果、このたびの大規模召喚が成功しました」

俺たちの想い？　たしかに俺は、いっそこのバスが異世界に転移しないかな、と望んだ。今いる現実から死ぬほど逃げたかったのも事実だ。そのせいで俺は……、いや、俺たちはここにいるのか。

「いかがでしょうか、みなさん心当たりがあるのはないでしょうか？」

異世界に来たがったのは俺だけでなく、他の人たちも？　たまたま同じバスに乗り合わせた人間が全員同じ気持ちだったというのか。

乗客たちは互いの心を探るように顔を見合わせる。クエン・ゴリナの言葉が正しいかどうかの答え合わせをするかのように。やがて、疲れた顔のサラリーマンが口を開いた。

「私はリストラ対象になってしまって……」

言葉を濁しているが、それで異世界への転移を望んだのだろう。俺も事実を話しておいた方がよさそうだ。

「私は労働環境がかなりひどかったんです。いわゆるブラック企業というやつでして……」

サラリーマンに続いて俺が話すと、他の人も堰を切ったように口を開いた。

「プライベートで問題がありました」

これは運転手さん。

「いじめが……」

こちらは高校生だ。なるほど、全員がそれなりの問題を抱えていて、異世界への転移を望んだらしい。偶然とはいえよく集まったものだ。

「どうやらご理解いただけたようですね」

クエン・ゴリナは笑顔でそう言ったけど、顔色の悪い中年男性が抗議の声を上げた。リストラの対象になっていると言った人だ。

「ちょっと待ってくれ。いきなりこんなところに連れてこられても困るよ。私は出社途中だったんだ。それに家族もいる。すぐに戻してくれないかな？」

クエン・ゴリナは申し訳なさそうに首を横に振った。

「残念ながらそれはできません」

「できない？　どういうことだ！　勝手にこんなところに連れてこられて、それなのに戻れないなんて！　私はこれからどうしたらいいのだ！」

大声を張り上げる男性をクエン・ゴリナは手で制した。

「まず、これだけは申し上げたい。みなさまの生活はカーナル王国が責任を持って面倒を見ます。住むところ、食事、使用人など、決して不自由はさせないことをお約束します」

これを聞いて一同は少し落ち着いた。

当面の衣食住を心配する必要はないとわかったからだ。だが、美味い話には必ず裏があるものだ。他より少し給料がいいというだけで今の会社に就職した俺が言うのだから間違いない。

目立つのは嫌だったけど、俺はクエン・ゴリナに問いただした。

「どうして私たちを召喚したのですか？　そちらにも理由がありますよね？」

クエン・ゴリナは、我々の願いとみなさまの想いが同調した、と言っていた。俺たちの願いというのはなんとなくわかった。

みんな、現状に不満や不安を抱えている者ばかりなのだろう。自分を基準に考えればそれが切実であることはわかる。

次はクエン・ゴリナ側の願いというのがなんなのかを聞かせてもらおう。

「我々がみなさまに望むのはダンジョンの安定であります」

「ダンジョンと言うと、魔物とかお宝が出てくるダンジョンのことですか？」

「ほぼ、そのとおりです。ですが私たちが潜るダンジョンに宝物はございません」

「だったらなんのためにダンジョンへ入るのですか？」

「それは魔結晶を得るためです」

クエン・ゴリナは噛《か》んで含めるようにゆっくりと説明を始め、いくつかのことが明らかになった。

俺たちの世界は化石燃料や電気エネルギーによって成り立っている。これらを抜きに文明は成り立たない。

そういった事情はこちらの世界も同じで、ここでは魔結晶と呼ばれる物質がそれにあたるそうだ。

「魔結晶とは魔力の結晶のことであり、魔物の体内で作られます。我々はさまざまなことに魔結晶を利用しており、魔結晶の安定供給は国家を運営するために欠かせない事業であります」

「つまり、俺たちに魔物を倒して、魔結晶を取ってきてほしいと？」

「半分は正しいのですが、必ずしもそうではありません。魔物を倒し、魔結晶を集めるのは採掘者たちの仕事です」

そういった専門の労働者がいるようだ。

「では、我々はなにをすればいいのですか？　ダンジョンの安定と言われましても、具体的にどういったことをすればいいのか見えてこないのですが」

クエン・ゴリナは小さくうなずいた。

「ダンジョンという場所は不思議なところでして、しばしば異変が起こります。いちばん端的な例は特別種の存在です」

「特別種というのは魔物のことですか？」

「そうです。普段は現れないような強力な魔物が二十日に一度くらいの頻度で出現します。そういった魔物は非常に強力で、討伐には毎回多くの犠牲が出てしまうのです」

「それを我々に討伐してほしいということですね」

「まさに」

さて、ここからが話の核心になるだろう。なんといっても我々は一般人ばかりだ。サラリーマンやバスの運転手、高校生の彼も体育会系のクラブに所属しているようには見えない。

かく言う俺も学生時代は読書サークルに入っていたバリバリのインドア人間である。武道の心得なんて欠片もないのだ。そんな俺たちに戦闘をさせるのなら、やっぱりアレが必要だろう。

「改めて質問します。他の人はわかりませんが私は戦闘の素人です。そんな私がどうやって恐ろしい魔物と戦えるのでしょうか？」

クエン・ゴリナはにっこりと微笑む。

「時空を超えてやってきたみなさまは特殊な能力を授かっております」

その場にいた転移者全員が息を吐いた。あるいは吸った。

「チートだ……」

高校生がか細い声でつぶやく。だが、その表情は期待に満ち溢れていた。うん、俺もそれを確かめたかった！

「まさにそう言える能力でしょうな。あなたのお名前は？」

「村井《むらい》です……」

高校生の村井君はオドオドと聞きとりにくい声で名乗った。きっと繊細な少年なのだろう。

「それでは村井さまの能力を拝見しましょう。こちらに手を乗せてください」

クエン・ゴリナは大きな紫色のオーブを差し出してきた。直径は二十センチ以上あるだろう。紫水晶のように見えるけど、おそらくは別物だ。オーブは淡い光を放っている。

「大丈夫、痛くはありませんよ。少し波動を感じるだけです」

促されて村井君はオーブに手を乗せた。すぐにオーブは反応を示す。内部に水でもたたえているかのように揺らめき、発光の度合いを強めている。

クエン・ゴリナはそれを覗き込んで深くうなずいた。

「これは素晴らしい。村井さまは剣聖の能力を獲得されました」

剣聖とは剣士クラスの最上位クラスみたいなものか。

「誰ぞ、剣を持て！」

クエン・ゴリナの命令でローブを着た一人がうやうやしく剣を差し出してきた。村井君はどうしていいかわからずに立ち尽くしている。

「村井さまには不相応の剣ですが、どうぞお試しください。ささっ」

再び促されて村井君は恐々剣を手に取った。転移者一同も事の成り行きを身じろぎもせずに見守る。

予想より剣が重かったのだろう。村井君はバランスを崩して驚いたような表情を一瞬浮かべたが、すぐに剣を持ち直してしげしげと刀身に見入った。

「いかがですかな？」

「…………わかる」

またもや聞き取りにくいつぶやきだったけど、先ほどよりも言葉に力がこもっている気がした。

「あの……、振ってみてもいいですか？」

「どうぞ、存分にお試しください」

一礼してクエン・ゴリナは後方へと下がった。俺たちも同じように後ろに下がって村井君のために場所を空けた。

村井君はぎこちない動作で剣を振り出した。はじめはゆっくりだったけど、その動きは徐々にスピードを増していく。

そしてついには目で剣の軌道をとらえることが不可能なほど速い動きになってしまった。まさに電光石火。今や剣の切っ先がどこにあるのかもわからない。

自分の力に納得したのだろう。村井君は動きを止めた。

「この力があれば僕も……」

村井君はなにやら決意に満ちた表情をしているぞ。きっと新しい自分の能力を知って自信がついたのだろう。

村井君にチートがあるとわかり、他の人たちも自分の能力を知りたそうにしている。俺だって気持ちは同じだ。

「わ、私にはどんな力があるのでしょうか？」

バスの運転手さんが前に出た。年齢は三十歳前後くらい。制服の帽子を脱ぐと黒髪のオールバックだった。

クエン・ゴリナはオーブを差し出し、運転手さんに質問する。

「お名前は？」

「門真英二《かどまえいじ》です」

「それでは、カドマさまのお手をこちらに」

村井君とは違い、門真さんは臆することもなくオーブに手を乗せた。悪く言えば図々しい、よく言えば大胆な性格なのだろう。

「ほほぉ、これは素晴らしい。カドマさまは移動魔法をお使いになられる」

「移動魔法？」

「魔力を使って瞬間的に移動する魔法ですな」

「戦闘系ではないのか……」

門真さんは少し残念そうだ。ゲームやアニメの主人公みたいに派手な力が欲しかったのだろう。

肩を落とす門真さんをクエン・ゴリナが励ましている。

「移動魔法は戦闘特化の魔法ではございませんが、応用は可能です。これを使えば敵の背後を取るのは造作もないこと」

「なるほど……」

不意に門真さんの姿が消えたと思ったらクエン・ゴリナの背後に現れた。きっと移動魔法を使用したのだな。

「こういうことか」

「うぉっ⁉」

　背後から声をかけられたクエン・ゴリナがびっくりして飛び上がっている。移動魔法があれば対象の死角に入ることはたやすいだろう。だけど、門真さんは浮かない顔のままだ。

「便利な魔法だが、やっぱり戦闘向きじゃないな。体力や反射神経も以前よりは上がっているようだが、これで強力な魔物と渡り合えるとは思えないよ」

　クエン・ゴリナは深くうなずく。

「一般的に異世界からいらした人々は我々よりも体力的に優れております。ですが、戦闘特化のスキルを持つ方に比べれば、それ以外のスキルが見劣りするのも事実です。ただ、そう悲観したものではございませんぞ」

「というと？」

「適材適所ですよ。カドマさまには無理に戦っていただく必要はございません。むしろメッセンジャーとしてご活躍いただきたいと存じます。もちろんカーナル王国は厚遇でお報いしますぞ」

　電話やインターネットなどはなさそうな世界だ。門真さんの能力は大いに重宝されるのだろう。

　スムーズな情報の伝達は政治経済だけではなく、戦争などにおいても重要になるはずだと推測できた。

異世界から転移した人々はそれぞれ『剣聖』『移動魔法』『紫電の魔術師』『究極の盾』『テイマー』『剛力無双』のスキルを手に入れていた。残りの一人は俺である。

「お待たせしました。まずはお名前を教えてください」

「三上《みかみ》陶治《とうや》です」

「それではミカミさまのスキルを判定いたしましょう」

俺は唾をのみ込んで一歩前に出た。緊張でのどがカラカラだよ。

ラノベなどではここでハズレスキルを引いて追放されることがある。まあ、ハズレスキルというのはフリで、実際は有用なスキルであることが後でわかるんだけどね。でも、それはお話だからだ。

現実は厳しい。もし役に立たないスキルだったら、クエン・ゴリナの言う厚遇とやらは受けられないかもしれない。

だけど……、それはそれでいいかな、と俺は考える。俺の望みはひっそり静かに暮らすことだ。

できれば生活魔法のような地味ながら便利な能力を授かって、田舎にでも引っ込みたいというのが本音である。

戦闘系の魔法なんて欲しくないし、それによってこき使われるのもごめんなのだ。もう二度と社畜の日々には帰りたくない。

　というか、組織や人間関係にうんざりしていたのだ。

「ミカミさま、お手を」

　クエン・ゴリナに促されて俺もオーブに手を伸ばした。心の中で『戦闘系は嫌だ、戦闘系は嫌だ、戦闘系は嫌だ』と考える。魔物の討伐や冒険には関心がないのだ。どうかのんびり暮らせるスキルをお恵みください！

　オーブを覗き込んだクエン・ゴリナが小さなうめき声を上げた。おや、ひょっとして本当にハズレスキルが出たか？

「し、信じられん……」

　まあなんだ、低級ライフポーションしか作れません、みたいな能力でも俺は甘んじて受け入れるぞ。そんなスキルだって食うには困らなさそうだし、自営業としてひっそり生きていくことはできそうだ。

　だが、俺の授かったスキルはそんな生易しいものではなかった。

「まさか、生きてこのスキルを確認できるとは思いませんでした……」

　クエン・ゴリナが嘆息している。ひょっとしてハズレじゃなくてアタリを引いた？　昔からくじ運は最悪だったけど、これまでの不運を一気に取り戻したのかもしれない。

「あの、俺のスキルは……」

「ミカミさまのスキルは創造魔法でございます」

ふむ、クラフト系の匂いがプンプンするな。田舎暮らしにはもってこいかもしれない。

「創造魔法というのはいったいどんな魔法なのですか？」

「その名のとおり、万物を作り出すことができるとてつもない魔法でございます。もっとも、人により力の強弱はございます。難しいアイテムを作る場合ですと作製には多くの時間を取られることもございますな」

「簡単なアイテムなら作製時間は短く、複雑なアイテムだと途方もない時間がかかるというわけですね」

「そのとおりです。創造魔法の神髄を確かめられるのは能力者であるミカミさまだけです。どうぞご自身で試してみてください」

そう言われてみれば、先ほどからへその下あたりが妙にムズムズしている。きっとここに大きな魔力がたまっているのだろう。

他の人たちも自分に与えられたチート能力をすぐに使いこなしていたけど、ようやく俺にも理解できたぞ。なるほど、この力を全身に巡らせることから始めればいいのか。

これも異世界転移のなせる業《わざ》か、呼吸をするかのごとく自然に魔力が体を巡っていく。細胞の一つ一つが魔力で満たされて、パワーがどんどんと増幅しているぞ！

「うわっ！」

全身がカッと熱くなり思わず声が出てしまった。なんだろう、この高揚感は！　高まる期待に胸がドキドキしている。今ならなんだって作れそうだ。よーし……。

俺は手のひらに高密度な魔力を集めた。手探りながらやり方はなんとなくわかる。これを、こうして……、こうか！

やがて光の粒が手から浮かび、それらが収縮してまばゆい光を放つ。そして俺が頭の中でイメージした物質が現れた。

「おお、それはいったいなんでしょうか⁉」

興奮したクエン・ゴリナが聞いてくる。あれ、こちらの世界にこれはないのかな？　すごく便利なのに……。

「これは孫の手です」

「孫の……手……？　呪物かなにかのようですが……」

「そんな恐ろしいものじゃありませんよ。少し背中がかゆかったので作ってみました。こうやって使います」

孫の手を襟から背中に差し込み、ボリボリとかいてみせた。

「な、なるほど。そういう用途で使うのですな」

クエン・ゴリナは感心しているのか呆れているのかわからない曖昧な表情でうなずいている。

もっとも、無から物質を作り出したのだ。驚きの方が大きいと思う。

だが、俺が孫の手を作ったというのにも相応の理由はある。背中がかゆかったのは事実だが、それだけじゃない。

本当はもっと有用なものだって作ることはできたのだ。作製にもう少し時間はかかっただろうけど、ライフポーションとか武器とかね。

だけど、能ある鷹は爪を隠す、という諺もある。真の能力はまだ見せない方がいいと判断したのだ。

俺がどんなものでも短時間で作れることが判明すれば、大量の仕事を押しつけられるかもしれない。元社畜の警戒心は伊達ではなかった。

俺たち異世界人は王宮の一室にそれぞれ個室を与えられた。室内はかなり広く、高級な家具調度がそろっている。天蓋付きの広いベッドなんて初めての経験だよ。一人で寝るのだからこんなものは必要ないのにね。

そのうえ、みんなには専用のメイドがあてがわれている。それも一人につきメイドは二人以上だ。

だが俺は専用の使用人がつくことは断った。というのも、人間関係にうんざりしていたからだ。本音を言えば王宮にいるのだって嫌なんだよね。私生活まで干渉されてしまうのは耐えられなかった。

だけど、今すぐ王宮を出てまったく知らない異世界で生きていくのは難しいと思う。文明、文化、地理、政治、経済事情など知るべきことは多い。これらのあらましがわかってから出ていっても遅くはないだろう。

俺の部屋からは王宮の広大な庭園がよく見える。季節は早春で外はかなり寒そうだ。考えてみると俺はここの季節もよくわかっていない。

いつくらいから暖かくなるのか。夏はどれくらいまで気温が上がる？　冬は雪が降るの？　そもそも四季があるのかさえ知らないのだ。そういう基礎的なことを学んでから出ていっても遅くはないだろう。

とりあえず、ここにいれば衣食住は保証される。しかもかなりの厚遇だ。食事は美味いし、こちらのリクエストにもなるべく応えてくれる。

服だって高級品をあてがわれているぞ。似合うかどうかは微妙だけど、今だって貴族が身に着ける服を着ているのだ。

その代わり俺たちにも仕事がないわけじゃない。クエン・ゴリナが言っていたダンジョンの安定のことだ。

三日後、お試しということで俺たち全員がダンジョンへ連れていかれることになっている。戦闘系のスキルを持つ者は戦ってもいいし、俺や門真さんのような非戦闘系スキル持ちには護衛がつくそうだ。

とはいえ、やっぱり不安ではある。だがカーナル王国にお世話になっている以上、完全に無視するというわけにはいかない。俺も自分なりに準備を整えておくとしよう。

ダンジョン探索に備えて、俺は三日間の間に自分の能力の可能性を探った。創造魔法というのは基本的になんでも作ることができる能力だ。むろんすべての基礎となる魔力は必要だが、俺の保有魔力量はかなり多い。

魔力が尽きるまで作って、魔力が回復してから続きの作業をする、なんてことも可能であることもわかった。一気に作らなくてはならないという制約はない。

また、木、石、金属、布など、周囲にあるものを素材として使うことも可能だった。素材を使えば作製時間が短くなるうえ、魔力の節約にもなる。

ただ、そんな創造魔法にも不得意な点があった。それが食料だ。魔法を使っての料理は不可能で、肉や野菜のような素材を作り出すこともできない。自室でいろいろと試してみたのだが、これればかりはどうやってもうまくいかなかった。

唯一作れたのは乾パンのようなビスケットだけである。カロリーや栄養バランスは優れているのだが、いかんせんボソボソとしていて不味い。食べられないほどではないけど、進んで食べたいという代物でもなかった。

だけどまあ、今は王宮で毎日のようにご馳走が出てくるのだ。それほど深刻な問題でもないだろう。だって、それ以外ならどんなものでも作れるのだから。

ということで創造魔法の遣い手らしい準備をしておくことにした。ただし、目立つことは避けたい。

だから、聖剣みたいなとんでもない武器とか、ハデハデな鎧なんかはやめておくつもりだ。

実用的かつ目立たないものを作ることにした。


三日後、召喚された者たちは王宮の広間に集められた。これからダンジョンへ向かうということで誰もが緊張感を漂わせている。

ただ、戦闘系スキルを持つ人たちの顔には自信も溢れていた。剣聖になった村井君、雷撃系の魔法を操る紫電の魔術師・吉岡《よしおか》さん、剛力無双の高田《たかだ》さん、究極の盾の田中《たなか》さんだ。

彼らはこの三日間を戦闘訓練に費やしてきた。ちらっと見学したけど、とんでもない強さだったよ。カーナル最強の騎士団との模擬戦だったが、村井君たちは強すぎて訓練にならなかったくらいだ。

その一方で非戦闘系の人たちは少しだけ怯えていた。テイマーの小林《こばやし》さん、移動魔法の門真さんがそれだ。

「まあ、いざとなれば俺は逃げさせてもらうからな」

移動魔法の門真さんが宣言する。戦う人たちも保護対象は少ない方がいいのだろう、それについて異論はないようだ。

特に脅えがひどいのはテイマーの小林さんである。

「私は自信がないです。もし私のスキルが通じなかったら……」

テイマーとは魔物を飼い慣らす術だ。王宮内に魔物はいなかったので、これまで小林さんは自分の能力を試したことがない。今日のダンジョンがデビューというわけだ。

小林さんは疲れた感じの中年男である。この世界に来ていい思いをしたのか、だいぶ顔色はよくなった。でも、さすがに今は震えているな。

魔物をテイムするには、ある程度は近づかなくてはならない。防御力の低い小林さんが怖るのも無理はない。小林さんは安全のためにフルプレートアーマーを身に着け、とても歩きにくそうにしていた。

一緒に召喚された人たちはそんな感じだったのだが、俺はといえば自分でも思っていた以上に緊張していなかった。それもこれも入念な準備をしてあるからだ。

今回のダンジョン探索に向けて俺は四つのものを用意した。

それが『ライフポーション』『オートシールド・リング』『インビジブル・リング』『マジックガン』である。

作りたいものをイメージさえすれば、作り方は自ずとわかってしまうのが創造魔法のすごいところだ。戦闘系ではない自分がダンジョンでいかにリスクを減らせるかを考えてアイテムを用意した。

まず、ライフポーション。これを飲めばたちまち傷が治り、戦闘に復帰できるという奇跡の薬だ。

ゲームなどでは定番の便利アイテムだよね。低位のライフポーションは回復量が少なく設定されているけど、あれはあれですごくないか？　飲めばたちまち傷が治るんだぜ。あんなものが大量にあれば医者なんて必要なくなってしまうじゃないか。

俺が作るのもそんなライフポーションだ。クエン・ゴリナに確認したけど、そういった傷薬はこの世界にもあるにはあるらしい。ただし、傷の治りは遅く、体力の回復量もかなり低いそうだ。

比較するために、この世界でも良質とされるライフポーションを取り寄せてもらったけど、俺の作ったものを百とすると、現地のライフポーションの能力は十以下であることがほとんどだった。

これならライフポーションを販売するだけで生活していけそうだ。それだけを作って過ごす毎日は嫌だけどね。

続いてはオートシールド・リングだ。攻撃を受けると自動でマジックシールドを展開するアイテムである。

強度は九ミリの銃弾を完全に防ぐ程度だが、シールドの展開速度は速い。形状は指輪にして極力目立たないようにした。

俺としてはこれの存在はまだ知られたくない。いきなり襲われたときの保険くらいに考えている。

ちなみにマジックシールドは重ねがけが可能だ。指輪を二つ装備すれば二枚のシールドが装備者を守ってくれる。

今後の課題は強度である。指輪の大きさを変えず、もしくは小型化を目指しつつも、より強力なシールドを張れるようにしたい。

続いてはインビジブル・リング。光魔法の応用で自分の姿を三十秒だけ消すことができるアイテムだ。これもいざというときのために装備している。今後の課題は連続使用時間をより長くすることである。

最後にマジックガンだが、こちらは装備者の魔力を銃弾として撃ち出す拳銃だ。威力はハンドガン程度で、最大射程距離はおよそ三十メートル。魔物に対してどの程度有効かはまだわからない。魔物なんて見たこともないからね。

やはり目立ちたくないのでジャケットの下につけられるホルスターを作製して、そちらに収納することにした。

警備のプロフェッショナルが見ればすぐにわかるだろうけど、銃など存在しない異世界人が相手ならわからないだろう。一緒に日本からやってきた人たちも素人ばかりだろうから、ばれる心配はないと思う。

これらのアイテムがあるおかげで、これからダンジョンに挑もうというのに俺の心は穏やかだ。

それに俺たちは後ろの方で見学しているだけで、戦闘を担当するのは基本的には村井君たち戦闘職の面々だ。そこまでナーバスになる必要もないだろう。

クエン・ゴリナが広間へと入ってきた。

「みなさま、おそろいですな。それではカーナルダンジョンへまいりましょう」

俺たちはダンジョンへ向かうための馬車に分乗した。玄関では使用人やメイドが手を振って見送っている。

同じ馬車に乗った門真さんがだらしない顔をして、自分の専属メイドに手を振り返していた。

「ふぅ、かわいいよなあ。ほんと、こっちの世界に来てよかったぜ」

「……」

明確な否定も肯定もせず、俺は軽くうなずくにとどめておいた。

「三上さんは専属メイドを断ったそうだね。なんで?」

「自室では一人でいるのが好きなんですよ。その方が落ち着きますから」

これは事実だ。だけど、それ以上にカーナル王国に借りを作りたくないという気持ちが働いている。世話になりすぎれば、出ていくときに面倒が大きくなるかもしれない。

それ以上の会話が嫌だった俺は、車窓から見える景色に集中した。

馬車はカーナルの町中を進んだ。人口は七万人ほどで、この世界ではかなりの大都市とのことだった。

ただ、文明度は決して高いとは言えない。魔法のある世界なので科学技術はあまり進歩しなかったのだろう。ここの町並みは一見するとヨーロッパの近代前期といった印象を受ける。

その代わり魔法技術は進んでいるようで、街にはさまざまな魔道具が溢れている。道の両側に立つ街灯なども魔力を使って光らせているそうだ。

そういった事情なので、この世界では魔力保有量が多かったり、魔法や魔道具に精通していたりする人が社会的に成功する人と見なされているようだ。

また、魔力量は遺伝するので、保有量の多い人たちは非常にもてるらしい。我々、異世界から召喚された人間の魔力量は規格外なので、こちらもまた引く手あまたとか。

「どんな女でも選びたい放題なんだって」

門真さんが締まりのない顔で喜んでいる。

「相手がお姫様だろうが、富豪の令嬢であろうが、入れ食い状態だってさ」

「…………」

面倒だったので今度はうなずきもしなかった。すると、門真さんは不審者を見るような目で俺を見つめてきた。

「三上さんって、ゲイ？」

「いえ」

「じゃあ、純愛系の人？」

こういう質問が煩わしいから他人と一緒にいたくないのだ。

「今は恋愛に興味がないだけです」

創造魔法の遣い手としては、この場で耳栓を作製して耳に詰め込みたい衝動に駆られた。それくらいなら一秒もかからずに作れるのだから。


カーナルダンジョンの入り口は、いつか動画で見た炭鉱の入り口に似ていた。正面は切り出された石と鉄板で補強されている。

さっきから武装したグループが何人も出入りしているけど、きっとあれが採掘者なのだろう。採掘者は十人前後のグループを作ってダンジョンに臨んでいるようだ。

クエン・ゴリナが先導して俺たちを案内してくれた。

「みなさまにもこちらからお入りいただきます。入ってすぐの一階部分に魔物はおりませんのでご安心を」

彼もまた優秀な魔法使いで、かつては変異種を相手に戦った勇士の一人だったそうだ。

「もっとも、全盛期の私でも戦闘力ではみなさまの足元にも及ばないでしょう」

クエン・ゴリナははっきりと言い切った。その表情に悔しさはない。それくらい異世界人の能力は並外れているということらしい。

長い通路を抜けると、いちばん奥に地下へ通じる階段があった。幅は六メートルほどの余裕があったが、段差はかなり急になっている。それだけに階層から階層への移動はかなりきつく、地下二階はだいぶ深い場所になっていた。

「こんなに深く潜って酸素は大丈夫なんですか？」

「酸素？」

異世界に酸素の概念はないようだ。いや、あるのかもしれないが、一般的ではないのかもしれない。知っているのは学者だけ、みたいな感じかもな。

「えーと、こんな深い場所まで潜って息苦しくならないのかな、と思いまして」

「そういうことは起こらないようですな。私は何度もダンジョンには潜りましたが、息苦しくなったことはありません」

こうして見るとダンジョンの中には植物が多い。コケ類などだけではなく、広葉樹のような葉を持つ樹木や、蔓性の植物なども壁を這っている。

壁や天井が発光している場所も多々あるので、光合成によって酸素が供給されているのかもしれない。

生命活動に支障がないのなら気にしないでおこう。いざとなれば酸素ボンベだって創造魔法で作れるのだ。

だが、酸素ボンベのような複雑な構造のアイテムを作るためには、それなりの時間がかかる。おそらく超小型でも十分はかかってしまうんじゃないかな？　それまで俺の呼吸がもてばいいけど……。

本日はお試しということだから、それほど危険な場所までは行かないはずだ。心配することはないだろう。

俺たちは護衛の騎士を先頭にずんずんと通路を進んだ。騎士の動きや表情に緊張はない。この周辺の魔物なら彼らでも簡単に討伐できるのだろう。

そうやって数百メートル進んだところで騎士たちが動きを止めた。

「魔物です」

前方を見ると大きな虫が右側の壁に張りついていた。その姿は巨大化したカミキリムシだ。長い触角にまだら模様の体表、体長は一メートルを超えているだろう。鋭い牙は金鋏のようで、人間の腕など簡単にねじ切ってしまいそうである。

今はじっとしているけれど、近づいたら襲いかかってきそうだな。

「僕が行ってもいいですか？」

そう聞いたのは剣聖の村井君だった。相変わらずボソボソした話し方をするけど、かつてはなかった積極性が出てきている。

村井君は剣を抜いて一人でカミキリムシに近づいていく。そして飛びかかってきたカミキリムシを一刀のもとに切り伏せてしまった。

「ムライさま、お見事です！」

クエン・ゴリナたちは村井君を褒めそやしていたけど、村井君ははにかみながら首を横に振った。

「ありがとうございます。でも、敵が弱すぎて訓練にもならないです……」

「ムライさまの実力なら当然のことですな」

村井君とクエン・ゴリナが話していると不思議なことが起こった。絶命したカミキリムシが光の粒となってダンジョンの床や壁に吸い込まれていったのだ。後にはキラキラと光る宝石のようなものが残っているだけである。

「これが魔結晶です。我々はこのようにして魔結晶を集めております」

床に落ちた魔結晶は兵士が回収した。クエン・ゴリナはにっこりと笑う。

「戦闘系の方々にとって、この階層では実力を試すことはできませんね。いかがですかな、次はコバヤシさまが訓練をされては？」

「わ、私がですか？」

テイマーの小林さんはかなり焦っていた。

「先ほどはインセクト系の魔物でした。インセクト系の魔物をテイムするのは難しいですが、次に違う種類の魔物が現れたらコバヤシさまがお力をお示しください」

「わ、わかりました。やらせてください」

小林さんの顔色は悪かったけど、やる気はあるらしい。ここで自分の存在意義を見せておかないと、これまでのような厚遇は受けられないと考えているのだろう。

小林さんは専属メイドを三人も付けてもらっているという話だ。そんな生活を失うのが怖いのかもしれないな……。

一行はさらに二百メートルほどダンジョンの奥へと進んだ。すると通路の向こう側に緑色の皮膚をした小鬼がいた。

「ひょっとしてゴブリン？」

俺の質問にクエン・ゴリナがうなずく。

「そのとおりでございます。低級魔物の代表格ですな」

ゴブリンたちは小柄で、強そうには見えない。だけど、さびたナイフを装備しているぞ。あんなものでも凶器は凶器だ。

「こういった魔物はどこからやってくるのですか？」

「ダンジョンの中の魔物というのは突然出現するのです。なんの前触れもなく壁や床から生えてくるのですよ。長くダンジョンを探索していれば一度は目にする光景です」

生殖や細胞分裂で増えるわけじゃないんだ……。

「さあ、コバヤシさま、まさにコバヤシさまの訓練にはもってこいの相手ですぞ。どうぞテイムのお力をお試しください」

促されて小林さんは前に出た。

「あの、ゴブリンは二体いるのですが……」

初めてのテイムだから、一体で試したいのだろう。小林さんが難色を示すとクエン・ゴリナは部下の騎士に目配せをした。

騎士は弓に矢をつがえると、すぐに片方のゴブリンを射殺してしまった。

「ぐっ……」

非戦闘系のスキルを持つ三人は思わず息をのんだ。いや……、うん……、衝撃的な光景だったよ。

さっきは虫だったからそれほどでもなかったけど、二足歩行をする魔物が相手だと精神的につらいものがある。

放っておけば向こうから攻撃してくるということは理解しているのだけど、気持ちのいいものではない。やはり、俺にダンジョンの安定作業は向いていない気がする。

仲間を射殺されたゴブリンが、甲高い雄叫びを上げて俺たちの方へ走ってきた。

「コバヤシさま、テイムを！」

「は、はぃぃいっ！」

小林さんは半泣きの顔で右手を前に突き出した。そして口の中で呪文を唱える。突き出された左手から紫色の光がほとばしって、ゴブリンを包み込んだ。

「ウガ、グッ……」

苦しそうにうめき声を上げるゴブリンに小林さんはさらに魔法を注ぎ込んでいく。

「さあ、俺を受け入れるんだ！」

「ガッ、ガッ……？」

一分くらいすると、のたうち回っていたゴブリンの体から力が抜けた。つり上がっていた目は穏やかになり、ぼんやりとした表情になっている。

小林さんは袖で額の汗を拭いた。

「テイム完了です。たぶん……」

クエン・ゴリナが前に出てくる。

「お見事です。相手がゴブリンとはいえ、これほど手際よくテイムしてしまうとはさすがですな」

小林さんは自分がテイムしたゴブリンに見入っている。ゴブリンの方は小林さんに対してうやうやしく頭を下げた。

「コバヤシさま、ゴブリンになにか命令してみてはいかがですか？」

「そ、そうですね。じゃあ……、その場で一回転してみろ」

ゴブリンはその場ですぐに回転した。

「次は膝をかかえて座れ」

外見は醜悪だけど、体育座りをするゴブリンはかわいく見えなくもない。

「へぇ、ペットみたいだな」

横で見ていた門真さんも感心している。

「小林さん、そのゴブリンを飼うのかい？」

「いやあ、さすがにゴブリンは……」

小林さんも苦笑いだ。クエン・ゴリナも笑っている。

「いやいや、さすがにゴブリンではなんの役にも立ちませんな。もう少し能力のある魔物なら育てがいもあるのですが……」

クエン・ゴリナが合図をするとかたわらにいた騎士が剣を抜いた。

「え、なにを……？　うわっ！」

戸惑う小林さんをよそに、騎士はためらいもなくゴブリンを斬ってしまった。俺たち召喚された人間はドン引きだったが、現地の人たちは当たり前という顔をしている。これもカルチャーギャップというものなのだろうか？

「なにも、殺すことは……」

光となってダンジョンの地面に吸い込まれていくゴブリンを見ながら小林さんは震えている。

そんな小林さんの肩をクエン・ゴリナがポンと叩いた。

「ゴブリンを飼育しても仕方がありませんぞ。もっと役に立つ魔物を飼い慣らさなければ」

「それはそうですが……」

「こうやって、弱い魔物から練習して、いずれはドラゴンなどの強力な魔物をテイムしていただきたいものですな」

そう言われても、小林さんは浮かない顔だ。クエン・ゴリナは噛んで含めるように小林さんを説得する。

「コバヤシさま、テイムした魔物すべてを飼うことはできませんぞ。だいたいどこであのゴブリンをお飼いになるつもりでしたか？」

「それは……」

「ご自身のお部屋というわけにはいかないでしょう？　そんなことになればコバヤシさまのメイドたちが怖がってしまいますぞ」

「それは……。はい、みなさんのやり方をとやかく言うつもりはないんです。いいようにやってください」

小林さんは専属のメイドを三人も付けているんだよね。三人のかわいいメイドとゴブリンを比較すればそうなるのだろう。もっとも、殺されるゴブリンはたまったもんじゃないだろうけど。

「魔物を殺すのはいいのですが、せめてテイムを解除してからにしてください。なんとなく後味が悪いので」

「承知しました。これからはそうすることにしましょう」

そんなものなのだろうと理解しつつも、俺の中で釈然としない思いが残る。やっぱり集団行動をしていると、こういう感覚の違いというのが起こるのは仕方がない。

ただ、それが積み重なってくると大きな軋轢になるんだよなあ。

やっぱりさっさと都を離れて、のんびりと独り暮らしをした方がよさそうだ。俺はそんな思いを強めた。


ダンジョンの中をずんずんと進み、地下五階までやってきた。かれこれ十キロくらいは歩いているだろうが、まだまだ底にたどり着く気配はない。

俺はクエン・ゴリナに聞いてみた。

「ここは地下何階まであるのですか?」

「確認されているのは地下二十六階までです。ただ、それがダンジョンの底ではありません」

「そんなに?」

「といっても採掘者はそんな深くまでは潜りません。せいぜい地下十階まで活動しています」

「戻ってくるのが大変だからですか？」

「それもありますが、やはり出現する魔物が強力になってしまうというのが最大の理由ですな」

階層が深くなればなるほど、強い魔物が現れるそうだ。そういった魔物を討伐すれば大きな魔結晶を得ることができるのだが、労力と犠牲を考えると割に合わないことが多いとのことだった。

地下十階あたりまでで魔結晶を集めるのが、いちばんコストパフォーマンスがいいのだろう。地下五階であっても、魔物はかなり強くなっている。一般の採掘者たちの苦労がしのばれる。だけど、村井君たちの強さは別格だ。みんながみんな能力を自在に操り、出現する魔物を端から瞬殺している。

小林さんもテイムに慣れてきて、今のところどんな魔物でも手なずけているぞ。実力を見せていないのは俺と門真さんくらいのものだ。

俺たちの体力は一般人より強化されているので、ここまで歩いても疲れはいっさい感じなかった。ただ、お腹はかなり空いている。

そういえば、こちらに来てから食べる量が増えたと思う。きっと代謝量が上がっていて、欲するカロリー量もそれにつれて増えているのだろう。

「そろそろ、お昼ご飯にしましょうか」

クエン・ゴリナがそう提案したので、みんなはとたんに嬉しそうな顔になった。

兵士たちが折り畳みのいすやテーブルを広げてくれて昼食の準備が始まった。光るカトラリーや食器類、テーブルにはクロスもかけられて、ダンジョン探索とは思えない豪華さだ。これはもうラグジュアリーなピクニックといった風情だな。

「カドマさま、例のお願いを実行していただけますか？」

「おう、宮廷からメインディッシュを取ってくればいいんだな」

「使い走りのようなことをさせて申し訳ございませんが、よろしくお願いします」

「なーに、これも実験ってやつさ」

門真さんのスキルは移動魔法だ。今日は地下から地上まで移動できるか実験するようだ。そのついでに、みんなの食事を運んでくることにもなっているみたいである。

「じゃ、ちょっくら行ってくるわ」

言うなり、わずかな燐光を残して門真さんの姿は消えてしまった。

門真さんが戻ってきたのは十分後だった。手には大きな銀の盆を持ち、その上にはホカホカと湯気を立てる肉料理が載っている。

「ただいま。ほうら、お使いをしてきたぜ」

門真さんはニヤリと笑って盆をテーブルの上に置いた。

「なにか不都合はございましたか？」

「いや、地下から地上でも問題なく移動できたぜ。消費魔力量で確かめたが、直線距離を進んでいるらしい」

「お荷物の方はいかがでしたか？　重量制限のようなものはございませんでしたか？」

「それについてはギリギリだったな。あまり重いものは無理かもしれない」

門真さんが運んだのは大きな肉の塊だけど、重さはせいぜい三キロくらいだろう。それくらいなら魔法で一緒に運べるが、現時点ではあまり重いものは運べないようだ。

「地上なら十二キロくらいの重さまでいけたが、地下から地上となると消費魔力量も多くなるようだ。距離にもよるが八キロくらいが限界だな」

「おそらく慣れの問題でしょう。使用していれば限界値は上がっていくものです」

「自分でも伸びしろは感じるよ。まあ、今のところはこんなもんだ」

それでも門真さんの有用性は証明されたみたいで、クエン・ゴリナたちはとても喜んでいた。

能力を発揮できていないのは俺だけである。でもクエン・ゴリナたちから、すぐになにかを作ってくれと頼まれたわけではない。だから今はこのままでもいいと考えている。立ち去る前になにか役に立つものの一つでも贈呈すれば問題ないだろう……。

俺はあてがわれた席に着き、居心地の悪い思いをしながら食べ始めた。

昼食が終わると、その日は地上へ引き返すことになった。行きは護衛の騎士たちが先頭を歩いていたが、帰りは村井君たちが先導している。

その村井君が不意に足を止めた。

「柱の陰に魔物が潜んでいます……」

さすがは戦闘系スキルの持ち主たちだ。彼らは気づいていたようだ。

オートシールド・リング、マジックガン、インビジブル・リングなどで武装しているとはいえ、こういうところはかなわない。

もし俺だけだったら奇襲攻撃を許してしまったかもしれないな。今後は一人で生きていく予定だから、不測の事態に備えなくてはなるまい。

対策として敵を探知するセンサーを開発するか。今夜からでも取りかかるとしよう。

村井君は柱に向かってボソボソと声をかけた。

「出てこい。柱ごと斬ってもいいんだぞ」

柱の後ろの暗がりに動きはない。それはそうか、魔物に言葉が通じるわけがないのだ。ところが、妙な魔物が両手を上げながらひょっこりと姿を現した。

「どうか、お許しを！」

褐色をしたつるつるの肌、長い耳に長いしっぽ、背中にはコウモリのような羽を生やした魔物だった。

「これは珍しい、こんなところにクランプがいるとは」

つぶやいたクエン・ゴリナに質問した。

「クランプとはどういった魔物ですか？」

「魔物にしては知能が高く、ご覧のとおり人語を操ります。長命な魔物としても有名ですな」

小林さんが前に出た。

「有用な魔物ならテイムしますが、どうしましょう？」

「それには及びません。こいつらは体力もなく、口ばかりの役立たずです。テイムしてもいいことはありませんぞ」

「そうですか。それならお任せします」

小林さんは後ろに下がった。相手の戦闘力が低いということで村井君たちも興味をなくしたようだ。

ゴブリンのときと同じように騎士が剣を抜いて前に出た。死を目前にしたクランプは悔しそうに歯ぎしりしている。

「くそっ、どうしてこうなるんだよ。俺は誰にも邪魔されず、静かに暮らしたかっただけなのに！」

誰にも邪魔されず、静かに暮らしたかっただけ……。

魔物の言葉が俺の心に染み込んでいった。こいつは俺と同じだ。そう感じた瞬間に体が動いていた。

クランプを庇って体を滑り込ませた俺に騎士の剣が振り下ろされた。突然のことで騎士は動きを止められない。だが、瞬時に展開したマジックシールドが剣を弾き返し、俺が傷つくことはなかった。

耳障りな金属音がダンジョンの壁に響き、みんなが驚いて俺を見ている。

「ミ、ミカミさま……」

「この魔物を殺すのはやめてください」

「しかし……」

「意思の疎通ができる相手を問答無用で斬り殺すのは嫌です」

「いいぞ、人間。もっと言ってやれ！」

クランプは拳を上げて喜んでいる。こいつ、お調子者か？　クエン・ゴリナがはしゃぐクランプを睨みつけた。

「そうおっしゃられましても、これが魔物であることは事実。生かしておけばどのような害を為すかわかりませんぞ」

クランプは強気な態度で否定する。

「ふざけんな！　俺は人間を傷つけたことなんて一度もないぞ。せいぜい悪口を言うくらいさ。アンタだって部下や同僚の悪口を言うだろう？　それと一緒さ」

「下等な魔物が調子に乗るでない！　ミカミさま、さっさと片付けて戻りましょう。それよりも、先ほど剣を弾いたマジックシールドの話を聞かせてください」

「えーとですね、これは防御用のアイテムというか……」

　オートシールド・リングのことがバレてしまったな。だが、それも仕方がないか。目の前の魔物を見殺しにしていたら、もっと後悔していただろう。

「さすがは創造魔法の遣い手でございますな。知らぬうちにそのようなアイテムを作っておられるとは。そのアイテムについては後でお聞かせ願うとして、まずはこの魔物を片付けましょう」

　クエン・ゴリナの合図でさらに二人の騎士が剣を抜いてクランプに迫った。

「助けてください、旦那さま！」

　クランプは俺の脚に縋りつく。

「そうだ、契約をしましょう！」

「契約？」

「俺は旦那の使い魔になりますよ。ね、きっと役に立つんで助けてください！」

　この様子を見て門真さんが笑い出した。

「ちょうどいいじゃねえか、ミカミさんには専属メイドもいないもんな」

「だったら、このガーグルがお世話をしますよ」

　この魔物の名前はガーグルというみたいだ。これもなにかの縁というものだろうか？

「わかった。俺は三上陶治。契約を交わすにはどうすればいい？」

「簡単ですよ」

ガーグルは爪で地面に魔法陣を描いた。それから爪の先で自分の指をひっかく。

「痛って！」

涙をにじませながらガーグルは魔法陣に自分の血をこすりつけている。痛みにかなり弱いのだろう。こいつが弱い魔物だとされるのも納得だ。

「我、ガーグルは誓う。今後、ミカミ・トウヤを我が主として仕えることを！」

宣言すると魔法陣が眩く光り俺とガーグルを包み込んだ。

「よし、これで契約は完了だぜ。よろしくな、トウヤ」

「トウヤ？　さっきまで旦那さまって呼んでいたじゃないか」

「堅苦しいのは苦手なんだよ。まあ、いいじゃねえか」

ガーグルはニヤッと笑った。俺もかしずかれるのは好きじゃないから、これくらいの態度で接してもらった方が楽というものだ。だがクエン・ゴリナは心配そうに俺を見ている。

「よろしいのですか？」

「こうなっては仕方ありませんよ。ガーグルは私の使い魔ですので手を出さないようにお願いします。その代わり、ガーグルにも人間に害を与えないように誓わせますので」

「おう、誓うぜ。でも、人間の悪口だけは言わせてくれよな。俺のアイデンティティの根幹に関わる問題だからな！」

俺はガーグルを連れて王宮へと戻った。


ガーグルは俺の使い魔になり、俺の部屋の隣にある控えの間に住むことになった。こいつはとにかく口数が多く、しゃべってばかりいる。

孤独を愛する俺としては邪魔なことこの上ないはずなのに、どういうわけかガーグルの存在は気にならなかった。馬が合うというやつだろうか？

今日も俺が自室に戻ると、さっそく控えの間からガーグルがやってきた。

「お、疲れた顔をしているじゃねえか。どうした？」

「オートシールド・リングについて根掘り葉掘り質問を受けていたんだよ」

「おお、俺を騎士の剣から守ってくれたあれだな。あれはトウヤが作ったんだって？」

「ああ、それのせいで大変なんだ」

どの程度の攻撃が防げるのか？　作製にかかる時間は？　費用は？　量産は可能か？　などなど、クエン・ゴリナたちは大いに関心を示している。

これがあれば探索者や騎士たちの犠牲が減るだろうから、興味を持つのは当然だろう。だからといって朝から晩までこれだけを作り続ける毎日は過ごしたくない。俺は田舎で野菜作りがしたいのだ。

ガーグルは腕を組んで首をひねる。

「そんなに嫌なら逃げ出せばいいじゃねえか」

「そうはいかないだろう。こちらは世話になっている身だ。どこかへ行くとしてもそれなりの筋を通さないと……」

「筋ねえ。そんなもんを通していたら、いつまで経ってもここにいることになるぜ」

「それは……」

「トウヤをこの世界に召還したのはあいつらの勝手だ。つまらねえ責任感で押しつぶされる前に、さっさと逃げ出すことをお勧めするぜ」

ガーグルに言われるまでもなく、それは俺にもわかっている。ただ、一宿一飯の恩義にはこだわりたい。こういうところが社畜体質だったのかもしれないけど……。

俺は引き出しから作りかけのアイテムを取り出して、作業の続きに取りかかった。

「なにを作っているんだよ？　新しいメガネか？」

「スカウター・グラスというマジックアイテムだよ」

好奇心の強いガーグルは身を乗り出して俺の作業を覗き込んだ。

「普通のメガネとなにが違うんだ？　ひょっとして服が透けて見えるメガネか？　このスケベが！」

「ちがう。これは俺の生存確率を上げてくれるためのオリジナルアイテムだ。ガーグルが想像するようなエッチな道具なんかじゃない」

「ほーん。で、そのメガネはなにができるんだよ？」

「スカウター・グラスは敵の接近や潜伏場所を探知し、対象の情報もある程度鑑定できる優れものだ。これさえあれば魔物に急襲されることもなくなるだろうし、敵の弱点といった情報も瞬時に知ることができる」

　戦闘能力が低い俺にとっては必携のアイテムなのだ。

「たいしたもんだ。そんなものが作れるとわかったら、クエンの若造がまた欲しがるだろうな」

「若造？　クエン・ゴリナはどちらかと言えばおじいさんって感じだろう？」

「俺に言わせればあんなもんは若造さ。なんせ俺さまは三百年生きているからな」

　ガーグルは胸を反らして威張った。

「本当に？」

「トウヤに嘘はつかねえぜ。周りの人間どもには嘘しか言わねえけどな！」

　俺は作りかけのスカウター・グラスをかけてみた。まだ作りかけだけど鑑定機能はすでに働いている。ちょうどいい機会だからガーグルで実験してみるとしよう。

　スカウター・グラスはガーグルを対象としてとらえ、レンズ部分に詳しいデータを映し出した。

種族：クランプ
名前：ガーグル（三百三才）
特徴：知能の高い魔物。使い魔として人間と契約することもあるが役立たずの種族として認識されている。
特技：背中の翼で空を飛べる。しかしながら高度・速度ともに低い。
弱点：物理攻撃、魔法、すべてに弱い。攻撃力・防御力ともに人間の七歳児並み。

「へえ、本当に三百歳なんだ」

「げっ、俺の情報を見やがったな！　プライバシーの侵害だぞ！」

ガーグルはゲンコツを振り上げて怒っている。

「ごめん、ごめん。まあ、たいした情報はわからないよ。種族と年齢くらいさ」

「本当か……？」

ガーグルはジト目で俺を睨んでくる。

「本当だって。さらに詳しい情報を得るためには大型化しないと無理だな。ヘッドセットとかね」

ヘルメットサイズならもっと詳細なデータを得られるだろう。だけど、俺は戦いたいわけじゃない。そんな必要はないからこのサイズでじゅうぶんだ。

「しかし、そんなものが作れるとは創造魔法っていうのはとんでもないな。クエン・ゴリナが手放したくないわけだよ」

「だから困っている」

「とにかく、さっさとここを離れることをお勧めするぜ。ヘタをすれば監禁なんてことだってあるんだからな」

「脅かすなよ」

おちゃらけていたガーグルの目がスッと細くなった。

「言ったとおり俺は三百歳だ。長く生きてきた分だけ人間の嫌な部分もたくさん見ている。クエン・ゴリナはそれほどのクズじゃないと思うが油断はしないことだ」

「監禁されても逃げ出す手立てはあるさ」

「権力者というやつをなめない方がいいぞ。アイツらは搾取することに慣れている。それこそ何百年、何千年と搾取してきたんだからな」

ガーグルの言葉に元社畜である俺は寒気を覚えた。まだ本当の力は知られていないから、なるべく早いうちにここを離れるとしよう。

「安心しろ、俺がついていればどこへ行っても大丈夫だ」

スカウター・グラスはガーグルを役立たずと判定したが、今の俺にはこの役立たずの使い魔がやけに心強く感じた。

それからさらに数日間を王宮で過ごし、俺はついにクエン・ゴリナと話をつけることにした。今日は特別な話があると、クエン・ゴリナを呼び出してある。

宮廷の小さな一室で俺とクエン・ゴリナは向かい合って座った。

「改まってお話とはなんでしょうか、ミカミさま」

クエン・ゴリナはニコニコと会話を切り出した。俺の腹は決まっているので単刀直入にお願いする。

「私を自由にしてほしいのです」

いきなりの申し出に冷静沈着なクエン・ゴリナも戸惑っているようだ。

「それはどう意味ですか？」

「そのままの意味ですよ。私はどこかの田舎でのんびりと一人で暮らしたいのです。宮廷暮らしは向いていません」

「そういうことなら郊外に家を用意させましょう。使用人も馬も用意しますので――」

俺はクエン・ゴリナの言葉を手で遮った。

「そういうことじゃないんです。私は自分の生活を干渉されたくない。そっと静かに生きていきたいのですよ」

「やれやれ、困りましたな」

クエン・ゴリナは腕を組んで大きなため息をついた。まあ、そうなるだろう。彼らとしても金と労力をかけて召喚の儀式を執り行ったのだ。せめて元は取りたいと思うのが人情だというのは理解できる。だから交渉材料は用意してきたのだ。

「クエン・ゴリナ殿をはじめカーナル王国には世話になりました。その恩返しはします」

「ふむ、具体的には？」

なにげない感じを装っているが、興味があるのはすぐわかった。代償次第では俺を放免してくれるという脈は感じる。

「それはエレベーターです」

「エレベーターとは、聞き慣れないアイテムですな」

「昇降機と呼ばれるものですよ。それをダンジョンに取りつけます」

俺はエレベーターの概念をクエン・ゴリナに教えた。

「——と、以上の装置を使うことによって、わずかな労力と時間で各階層を行き来できるわけです」

説明を聞きながらクエン・ゴリナは身じろぎもしなかったが、次第に汗をかき始めた。エレベーターの有用性を理解してきたのだろう。

「エレベーターを使えば採掘者たちの労力はかなり軽減されます。しかも安定して魔結晶を運び出すことができるようになるでしょう。詳しい数字は出せませんが、魔結晶の供給量は大幅に跳ね上がるはずです」

「た、たしかに……」

声がうわずっているぞ。これならいけそうだ。

「いかがでしょう、エレベーターの作製をもって、私を自由にしていただけませんか？」

「私の一存ではなんとも言えませんが、陛下や大臣たちと協議したいと存じます」

「もし、私を自由にしていただけるのなら、先に陛下のサイン入りの免状をよろしくお願いします」

お墨付きは大切だからね。

その後、クエン・ゴリナからはエレベーターの詳細な性能について質問された。俺も嘘偽りなくスペックを教えた。取引に置いて信用を損なうことはしたくなかったのだ。

こうしてその日の面談は終わったのだけど、クエン・ゴリナが返事を持ってきたのは三日後のことだった。

「ミカミさま、エレベーターは本当に設置可能なのですね」

「ええ、請け合いますよ。俺に作れるのはそれくらいですけど……」

ちょっぴりフェイクを混ぜてしまったけど、これくらいはご愛敬だ。その代わり仕事はきっちりするつもりである。

「それでは、エレベーターの設置をよろしくお願いします」

王さまから国の好きな場所で自由に暮らしてよい、という免状をもらったので、俺はさっそく仕事に取りかかった。

作製には十日間かかったが、地上階から地下十階までのエレベーターを二基設置することができた。

設置式にはなんと国王まで見学にやってきた。おかげで狭いダンジョンの通路が騎士でいっぱいになってしまったよ。

もちろん陛下をいちばん近くで守っていたのは村井君たちだったけどね。

「ミカミ卿、よくやってくれた」

陛下はご満悦で開閉ボタンを押している。地上階から地下十階までのすべてのボタンを押してしまったから各階停車になってしまったくらいだ。これがマンションだったら確実に怒られているぞ。

「今宵は祝宴を開くぞ。我が国の魔結晶は安泰だ！」

国王はご機嫌だな。でも、パーティーの主役は柄じゃない。夜になる前に宮廷から抜け出してしまおう。

自室に戻ると、俺は手早く荷物をまとめた。持っていくのは現金と替えの下着くらいだ。その他は旅の途中で作ればいい。

　ガーグルはご機嫌で旅の支度を手伝ってくれている。こいつが率先して手助けしてくれるなんてめったにないことだ。

「そろそろ行くか、トウヤ？」

「やけに嬉しそうだな」

「人間の目をかすめて逃げ出すんだぞ。魔物の本懐じゃねえか。ついでに金目のものでも盗んでいこうぜ」

「泥棒はやめておけよ。そんなことしなくても金なら稼げるさ。ほら、インビジブル・リングを起動するから俺にくっつけ」

「あいよ」

　ガーグルは小さな翼をはためかせて俺の背中に飛び乗った。

「けっこう重いな……」

「ここに来てから太ったんだよ」

　ガーグルは宮廷の料理を遠慮なく食べていたもんなあ。

「よし、行くぞ」

「おう、足音を立てるなよ」

　偉そうに言うねえ。文句を言いたかったけど、俺はもう扉を開いていた。ここからは慎重に行くとしよう。普段はおしゃべりなガーグルもぐっと口をつぐんで背中でじっとしている。

俺たちは使用人たちが行き交う廊下をぶつからないように進み、通用門から表に繰り出した。

「はぁ、娑婆の空気は美味いねえ」

ガーグルは俺の背中に乗ったまま深呼吸をしている。

「もう、インビジブル・リングの効力は切れているぞ。さっさと背中から降りろよ。魔物をおんぶしているだなんて、かえって目立ってしまうよ」

「このまま背中に乗っけてってくれよ」

「絶海の孤島に置き去りにしてもいいんだぞ。できないことじゃない」

「へいへい、ご主人さまは偉大ですよ」

ガーグルはニヤニヤと笑いながら俺の背中から飛び降りて、俺は大きく息をついた。なるほど、娑婆の空気とやらはやけに美味いと感じた。

2　双子を拾う

都を抜け出した俺たちはのんびりとした旅を続けていた。風はだいぶ暖かくなり、花のつぼみは膨らみ始めている。春と言うにはまだ早い気はしたけど、歩いていてつらいという感じはない。

ガーグルは地理にも明るく、俺たちはとりあえず北を目指した。特に目的地があったわけじゃないが、北の方がおおらかな土地柄だと聞いたからだ。のんびり諸国漫遊を楽しみながら腰を落ち着ける場所を探すとしよう。

「北の名物ってなにがあるんだ？」

「向こうはヤギ料理が有名だな。毛織物の一大産地だからヤギをよく食うんだよ。ちょいとクセはあるけどヤギの炙り肉は美味いぜ」

「そいつは楽しみだ」

「トウヤ、旅を満喫するのはいいけど、先立つものはあるんだろうな？　俺は飢えたり野宿したりは嫌だからな」

「ダンジョン暮らしだった魔物がよく言うよ」

「宮廷暮らしですっかり贅沢が身についちまったんだよ」

舌の肥えた使い魔なんて厄介だなあ。だが心配はいらないだろう。

「いざとなれば適当になにか作って売るから心配するな」

手抜きをしたところで、切れ味の鋭い包丁くらいなら五分程度で作れるのだ。二十本ほど作って道具屋に卸せば旅費に困ることもないだろう。

俺たちはあれこれとしゃべりながら早春の街道を進んだ。


半日ほど歩いて小さな村へ辿り着いた。時刻はそろそろ飯時で腹の虫がグーグーと鳴き始めている。

「トウヤ、なにか食べようぜ」

「それはいいけど、こんなところに飯屋なんてあるかな？」

そこは本当に小さな集落で、建物の数は二十戸あるかないかくらい、人口も百人程度と推察された。ただ村の中心に鐘楼が見えるのでそれなりに裕福な村なのだろう。

こういう小さな村には店なんてないのが普通である。運がよくて、野菜や果物、ミルクを分けてもらえるくらいだろう。

「なんでもいいから早く行こう。生のジャガイモだってトウヤの作る乾パンよりましだからな」

「文句を言うなら食べるなよ……」

昨晩は宿が見つからず野宿をした。野宿自体はどうということもなかったぞ。なんといっても俺は創造魔法の遣い手である。

テント、マット、寝袋、ストーブなど、必要なものはすぐにそろえることができたからだ。おかげで凍えることもなく夜を越せた。

ただ、問題は食べものだった。創造魔法で作れるのは乾パンのようなビスケットだけだ。カロリーや栄養バランスはよいのだが、激マズであることが難点である。

乾パンを食べたガーグルが二度と食わない宣言をしてしまうほどの代物だった。

「あれを食うぐらいだったら、ヤギの乳に直接吸いついて直飲みだって厭《いと》わないからな！」

「やめておけ。ヤギさんが迷惑だ」

しゃべりながら村の中に入っていくと、人々が広場のようなところに集まっていた。みんな興奮して異様な雰囲気である。

「祭りでもやっているのかな？」

「そんな生易しいものじゃなさそうだぞ」

背中の翼をはためかせて宙に浮かんだガーグルが顔をしかめている。

「なにが見えるんだ？」

「子どもだ。小さな女の子が二人、村人に囲まれて石を投げられている」

「はあっ？」

俺は人ごみをかき分けて前に出た。

人々の中心にはガーグルが言うとおり二人の女の子がいた。年齢はまだ五歳くらいだろう。

ボロボロの服を身にまとい、靴さえないのか、足には布が巻きつけてあった。

女の子のうち一人は金髪、もう一人は濃紺の毛をしていた。俯いて地面を見ながら震えている濃紺の毛の女の子を、金髪の女の子が庇うように立っている。

誰かが投げた石が頭にでもあたったのだろう。額は血で濡れていたが、気丈にも金髪の女の子は周囲の人々を睨みつけていた。

おや、あの子のたちの頭には小さな突起があるな。角というには控えめだが、コブというには目立ちすぎる。

「呪われたガキどもめ、さっさと村から出ていけ！」

「そうだ、そうだ。悪魔は村から去れ！」

あの突起を見て人々は怯えているのか？　この子たちが悪魔とでも言いたいようだ。だが、実際はどうなのだろう？　たしかに普通の人間にはない雰囲気があるように感じるが……。

俺はスカウターを起動して女の子たちを鑑定した。

種族：人間と竜人のハーフ
年齢：五歳

特徴：竜人の体力と人間の魔力を受け継いでいる。
特技：金髪は怪力の持ち主。濃紺の毛は予知能力を有する。

「ガーグル、竜人というのはなんだ？」

「竜人はドラゴンの血を引く種族だ。人間とは協力関係にあるな」

やっぱり悪魔だなんてでたらめだったか。

「はあ、見ちゃいられねえや。トウヤ、助けてやれよ」

「…………」

なるべく目立つ行動は取りたくなかった。子どもたちがこのまま村を出ていくというのなら金くらいは渡してもいいが……。

「おいおい、お前を見損なったぞ。トウヤは同情心とか倫理観とかを持ち合わせていないのか？」

「魔物が倫理を説くなよ。お前、俺にトラブルを押しつけて楽しもうって魂胆だろう？」

「わかるか？」

そうこうしているうちに村人たちの不安はどんどん増大していった。彼らは女の子に出ていけと言うが、周囲を取り囲んでいるので女の子たちは動けないでいる。

その場にとどまる女の子たちに村人たちの怯えはさらに大きくなった。まさに悪循環だ。そして、ついに人々の不安は臨界点を越えてしまった。

「もういい。こいつらを殺しちまおう！　村を災厄から守るんだ！」

「そうだ、そうだ！」

村人たちは興奮して石を手にした拳を振り上げた。このままではまずいぞ！

俺は前に飛び出して女の子たちの前に立った。同時にオートシールド・リングが発動して、投げられた石を弾く。

人々は言葉を失って俺を見つめた。

「子どもたちに手を出すな！　この子たちは悪魔じゃない」

俺はこの子たちが人間と竜人のハーフであることを説明しようとしたが、村人たちは俺の話など聞こうとしなかった。

「こいつ、魔物を連れてやがる。きっと、悪魔の仲間に違いない！」

「いじめないで！　ぼくは悪いクランプじゃないよ」

「言ってる場合か！」

俺は慌ててガーグルを引き寄せた。と同時に降りかかる石がまたもやマジックシールドに弾かれた。

「悪魔が抵抗したぞ！」

「皆殺しにしちまえ！」

「やっちまうんだ！」

石の攻撃がやむと人々は鍬《すき》や斧などの農機具で攻撃してきた。むろんそんな攻撃がマジックシールドを突破できるはずもない。まだまだ開発途中とはいえ、こいつは対魔物戦用に開発されているのだ。

オートシールド・リングはすべての攻撃を防いでくれたけど、このままでは埒が明かない。それに、俺もだんだん腹が立ってきたぞ。

無抵抗の人間を、しかも子どもまで寄ってたかって攻撃するなんて、恐怖に駆られた人間というのは救いようがないな。

「いい加減にしろっ！」

ホルスターのマジックガンを抜き、鐘楼の鐘を数発撃った。さすがに金属の鐘を貫通する威力はなかったが、鐘を吊るすロープは弾け飛んだ。

鐘は大きな音を立てて鐘楼から転がり落ち、近くの民家の屋根に落下する。声を失った村人たちは怯えたように俺を見つめた。

「恐れ入ったか！　格の違いがわかったのなら、さっさと道を開けやがれ！」

腕を組んだガーグルが偉そうに命令すると、村人はしりもちをつきながら後ずさった。

俺は女の子たちに短く声をかける。

「行こう。俺から離れないように」

女の子たちは返事をしなかったけど、俺に身を寄せてきた。オートシールド・リングの効果がわかっているのだろう。

「へっ、こんなクソみたいな村、俺だってごめんだぜ。頼まれたって二度と来てやるもんかっ！」

ガーグルの捨て台詞とともに、俺たちは名前も知らない村を後にした。


急ぎ足で十分ほど歩いた。

「どうだ、誰かついてきているか？」

「大丈夫、スカウター・グラスのセンサーに反応はないよ」

「そうか、これで安心だな」

追手が来ないとわかり、ガーグルは大きなため息をついた。さんざん悪態をついていたくせに、心の中では怖かったのだろう。

突然金髪の女の子が口を開いた。

「さっきはありがとう。私はソルア。妹はルナール。私たちは双子なんだよ」

思っていたより明るい声だった。先ほどは眉間に皺を寄せて村人たちを睨みつけていたけど、今は緊張も解けて笑顔になっている。もっとも、妹のルナールはまだ不安げな顔をしているが。

双子というだけあって二人はよく似ていた。あどけない顔つき、愛くるしい瞳、背丈なども同じくらいだ。

だが性格はかなり違うようで、それが表情に表れている。金髪のソルアは明るく積極的。濃紺の毛のルナールは人見知りをするようだ。

ガーグルが俺より先に返事をした。

「なあに、俺たちにかかればどうってことないさ。俺はガーグル。こいつは俺の相棒のトウヤだ」

「ありがとうございます」

大人しそうなルナールも礼を言って頭を下げた。礼儀正しいのはいいことだ。

「いや、かまわない」

言葉少なに返答したけど、ちょっと無愛想すぎたかな？　子どもとどう接していいのかよくわからなかったのだ。

俺は独身で、子どももいない。一人っ子なので甥や姪といった存在もないのだ。改めて考えてみると、子どもと話すなんて成人してからは初めてのことである。

ソルアは濁りのない目で俺を見つめた。

「ねえ、これからどうするの？」

それを聞きたいのは俺の方だった。このまま放置というのは人倫にもとると思うけど、旅に連れていくなんていうのは考えられない。さて、どうしたものか……。

うーん、困ったときの使い魔頼みだ。

「ガーグル、どうしたらいいと思う？」

「そうだな……、まずはきれいにしてやれ。風呂に入れて、それから服だな。身だしなみが整ったら飯だ。俺も腹が減った」

「な、なるほど」

なんとなくガーグルを見直してしまった。衣食足りて礼節を知るという。生きる基本を満たしてから今後のことを考えるとしよう。

俺は創造魔法を駆使してその場に風呂を作った。光の粒が大量に浮き上がり、それらが収縮してたちまち浴槽ができていく。

「なにこれ、おもしろい！」

「あわわわ……」

双子たちは興味津々で俺の一挙手一投足を見守っている。やがて、塀付きの露天風呂ができあがった。お湯もたっぷりと用意したから、体を洗うのに困ることはないだろう。

「さあ、入ってこい」

「…………」

双子たちは無言で俺を見つめている。どうしたというのだろう？　無言で見つめ合う俺たちを見てガーグルが呆れた声を上げた。

「こんな小さな子どもになにを言っているんだよ。トウヤが入れてやれ」

「おれが⁉」

双子を見るとコクコクとうなずいている。

「いや、しかし、俺は犬や猫を風呂に入れたことすらないんだぞ」

「ソルア、犬や猫よりずっといい子だよ！」

双子は俺をじっと見つめている。

「そ、そうか……」

シャンプーハットも作った方がいいのかな？

腕まくりをしながら、俺は妙な子どもを拾ったことを猛烈に後悔しだしていた。


お風呂で洗ってやると双子はピカピカになった。ソルアの傷もたいしたことはなく、作り置きしていたライフポーションを飲んだのですっかりよくなっている。

「ほら、頭を拭いてやるからじっとしていろ」

「うわぁ、布がフカフカだぁ」

「タオルっていうんだ」

「タオル、タオル、タオル！」

「だから、動くなって」

ソルアは元気いっぱいでよくしゃべる。一方、ルナールはおとなしくて扱いやすかった。

「よし、きれいに拭けたぞ。もう動いてもいいからな」

「ありがとうございます……」

ちょっと静かすぎて心配になるな。

服は簡単なワンピースにしておいた。今は作るものが多すぎて時間が足りないのだ。

「もう少しかっちょいい服にしてやれよ、ケチくさい」

「うるさい！　今、靴と靴下を作っているんだ。少し黙っていろ」

やれやれ、ガーグルはいっさい手を出さずに口だけ出してくる。

それにしても創造魔法は万能だな。イメージするだけで子供用の服まで作れてしまうのだから。

俺の手の中では子供用のブーツができあがりつつある。防水にして通気性もあり、軽く、履き心地もいい優れモノだぞ。

これを売り出せばそれなりの儲けになるかもしれないなあ。旅人には大人気になるだろう。

もっとも、この世界には山賊も多いと聞いた。防御力も高くないと人気は出ないかな？

靴と靴下ができあがるとさっそく子どもたちにはかせてみた。よし、サイズはピッタリだ。

「すごーい、靴下なんて初めてはいたよ」

「お姫様みたい……」

まったく気がついていなかったけど、この世界で靴下をはくのは富裕層だけのようだ。

「これで身なりは整ったな……」

「おう、次は飯だ。早く食いに行こうぜ」

ガーグルは張り切るが、近くに飯屋なんてあるのかな？　さっき通った村には戻れないしなあ。

「どこか休めるところがあれば行ってみよう。ガーグル、上から見てくれ」

「へいへい」

ガーグルは大儀そうに翼をはためかせて、ゆっくりと空へ昇っていった。

「どうだ、町が見えるか？」

「だめだ、ここから見てもなんにもありゃしねえ」

となると、今夜も野宿か。村を脱出してから時間をかけすぎてしまったから、今日中にどこかへ辿り着くのは無理だろう。

「仕方がない。もう少し歩いて今夜のねぐらを作るとしよう」

「またテントか？」

「今日はもう少し大きいのを作るから我慢しろ」

「飯は？」

「これを食え」

差し出された乾パンをガーグルはげんなりした顔で受け取った。

「けっきょく、食うのかよ！」

「背に腹は代えられねえ……。お嬢ちゃんたちも食いな。激マズだけどな」

「ありがとう！」

「いただきます……」

お腹が空いていたのだろう。ソルアとルナールはさっそく食べ始めたが、いい顔はしていなかった。

「街に着いたらもう少しましなものを食わせてやる」

「うん！　でも、葉っぱしか食べてなかったから助かるよ」

ソルアはガツガツと乾パンを食べている。

「こ、これも美味しいです……」

「気を使わなくてもいい」

「はい……」

ルナールは俯いてしまった。ちょっと冷たすぎたか？　子ども相手は難しい。

食事が終わると、子どもたちは俺から離れてこそこそと話し合っていた。二人とも難しい顔をして、ときおりチラチラとこちらを見ている。

やがて話し合いが終わったようで、再び俺のところへ戻ってきた。

「トウヤ、見てもらいたいものがあるんだけど」

ルナールが差しだしてきたのは一通の封筒だ。

「これはなんだ？」

「死んだお母さんが私たちに遺してくれたの。信用できる人に読んでもらいなさいって」

「お母さんはいつ亡くなった？」

「十日前、都へ行く途中に病気で……グスッ」

二人は大粒の涙を目にためている。

「す、すまなかった！　思い出させてしまったな。と、とにかくこれを見てみよう」

双子たちをなだめ、慌てて手紙を開いた。

ソルアとルナールへ

あなたたちを残して死んでいく母を許してください。今の自分の気持ち、あなたたちをどれくらい愛していたかを克明に書きたいのですが、もう私には時間がありません。

ソルア、ルナール、都へ行きなさい。あなたたちは来年の春からカーナル中央学院に入学を認められています。そこで学んで将来への道を切り開くのです。

二人とも忘れないで。

あなたたちの父親は誇り高き竜人の騎士クローケン・メックリング。

母の名は薬湯の魔女ルイネーズ・リーデン。

どうかこの名を覚えていてください。


手紙はそこで途切れていた。おそらく死の床でなんとかここまで書いたのだろう。字は読みにくく、インクは滲んでいる。だが、残された娘たちを思うルイーズ・リーデンの愛情と無念が俺にまで伝わってくるようだった。

封筒の中には入学許可の書類の他、金貨が十枚も入っていた。日本の貨幣価値に換算したら百万円くらいはあるだろう。

「こいつらが山賊に狙われなかったのは奇跡だぜ」

一緒に手紙を読んでいたガーグルが小さく鼻を鳴らした。

「死んだ母親が見守ってくれていたのかもしれないな」

「へっ、トウヤがそんなロマンチストだとは知らなかった」

「うるせえよ」

うちの使い魔はいつでも一言多い。

「ところで、二人に親戚はいないのか？」

父方でも母方でもいい。親戚がいれば引き取ってくれるのではないかと考えたのだ。

「親戚ってなに？」

「叔父さんとか叔母さんとかだよ。お母さんの妹とかお姉さんとか、おばあちゃんやおじいちゃんだっていい」

二人は無言で首を横に振る。

「お父さんの親戚でもいいぞ」

そう言うと双子は悲しそうな顔になった。

「私たちはいらない子なんだって……」

元気なソルアが泣きそうな声になっている。

困惑する俺にガーグルが説明してくれた。

「竜人は人間と同盟関係にあるけど、混血児は差別される傾向にあるんだ。上流階級であるほどその傾向は強い」

この子たちはそのせいでつらい目にあった過去があるのかもしれない。

「親戚を頼るっていうのは無理か……」

なんとも、困った事態に陥ってしまった。

その夜は大きめのベル型テントを作った。広さはじゅうぶんなので四人で寝ても快適だ。テントの中には絨毯を敷き、その上にマットと毛布を用意した。

子どもたちには気の毒だが、夕飯はまたもや乾パンだ。これしか作れないのだから仕方がない。

えーと、寝る前に洗顔と歯磨きをさせた方がいいよな？　そうか、パジャマも必要か。俺だけなら寝巻なんて適当だけど、子どもがいると面倒だ。

「さあ、もう寝なさい」

「はーい……」

「おやすみなさい……」

相当疲れていたのだろう。毛布にくるまると、子どもたちは秒で眠ってしまった。

俺は目で合図してガーグルを外へ連れ出した。今後のことを話し合うためだ。

「あの子たちのことだが、これからどうしたらいいと思う？」

「そうだなあ……」

ガーグルは腕を組んで目を閉じたまま口を開かない。

「お前、寝てないか？」

「んあっ？　い、いや、そんなことはないぞ」

絶対に寝ていたよ。

「この世界には児童養護施設みたいなものはないのかな？」

「んー、神殿が孤児を預かることはあるようだが、そういうのは都会にしかないな」

俺たちがいるのはド田舎である。せっかくここまで来たのに都に戻るのは面倒だ。それにクエン・ゴリナに見つかったら厄介なことになるかもしれない。

「都に戻るのは嫌だから、地方都市の施設を探すか」

「大抵、定員以上に詰め込まれているから難しいと思うぞ」

どこの施設もギリギリの状態で運営されているらしく、タイミングがよくないと受け入れは難しいそうだ。

「じゃあ、施設に入れない子どもたちはどうなるんだ？」

「親戚にもらわれていくな。あとは近所の人たちに労働力として養われる」

「労働力といってもソルアとルナールはまだ五歳だぞ」

文明度の低い世界なので児童福祉法なんてないのは想像できるけど、あまりに過酷じゃないか？

「関係ない。働けるようになればそれなりの仕事をさせられる。それだって運がよければだ」

「運が悪かったら？」

「奴隷商人に捕まって娼館に売られるだろうな。場合によっては施設の神官たちが売ることだってある」

この国に奴隷制度があるとは知らなかった。

「信用できそうな里親を探さないとならないってことか」

「あとは、来年の入学までトウヤが面倒を見るかだ」

「俺が？　冗談じゃない！」

「シッ！　子どもたちが起きちまうだろう」

「すまん」

俺たちは声を潜めた。

「乗りかかった船じゃねえか。それとも誰かに押しつけてトンズラを決め込むか？」

「そういうわけじゃないけど……」

「ふぁああ……、今夜はもう遅い。続きは明日でもいいじゃねえか……」

「そうだな、とりあえずよさそうな里親を探しながら旅を続けることにしよう」

その夜は問題の解決を先延ばしにすることだけを決めて俺たちも寝ることにした。

テントに入って確認するとソルアもルナールもよく眠っていた。

「ランプを消すぞ」

「んー……、おやすみ」

ガーグルは大あくびをして毛布に入った。俺も双子の横に敷いたマットに横たわる。

まったく、とんでもないお荷物を拾ってしまったものだ。これからのことを考えると頭が痛くなってきそうだ。

「寒いよぉ……」

「お母さん……」

　はあっ？　寝ぼけた双子が俺の布団に入ってきた⁉　な、なんだよ、いったい！　これじゃあ動くこともできないじゃないか。

　まあ、暖かくていいけどさ……。

　子どもたちの体温を感じながら俺もいつしか眠りに落ちていた。


　翌日も晴れて、旅をするにはよい日になった。だが俺の心は沈んでいる。気ままな諸国漫遊だったはずなのに、とんだ厄介事が身に降りかかったからだ。

　カーナル王国と折り合いをつけて、ようやく自由になったはずなのに……。

「トウヤ、今日はどこへ行くの？」

　ソルアが明るく聞いてくる。

「とりあえず大きな街を探そう。俺もこいつにはうんざりだ」

　手に残った乾パンを無理やり口に放り込んだ。

「ねえねえ、トウヤはどうして旅をしているの？」

　ソルアは続けて質問してきた。本当によくしゃべる子だ。

「静かな場所に家を建ててのんびり暮らそうと考えているんだ。そのための場所を探している」

「ステキね！」

「そうか？」

俺と一緒に召還されてきた連中もクエン・ゴリナたち現地人も、贅沢な都の暮らしを捨てるなんて信じられないという反応を示してきた。だが、この子たちは少々違うようだ。

「私も森の中は大好きです」

「ルナールもそう思うのか？」

「私たちとお母さんの家は森の中にあったから……」

ルナールは昔を懐かしむような遠い目をした。きっと美しい思い出なのだろう。ガーグルがルナールに聞いている。

「どうしてそこを出てきたんだよ？」

「お母さんは都に家を見つけるって……」

双子の入学に合わせて移住を計画していたのかもしれないな。遺書に同封されていた金貨から推察しても、お金に困っていたわけではなさそうだ。

「本当はずっとあの家にいたかった……うぅ……」

「私だって！」

思い出してしまったのだろう、ルナールもソルアも泣き出してしまった。

「泣くな！　泣くんじゃない！　トウヤが森の中に新しい家を建ててくれるからな。もう少しの辛抱だ、なっ」

「おい、適当なことを言うな！」

「だってよぉ……」

双子は俺を見つめて目をこすっている。

「新しい家を建てるの？」

「それは……」

「うぅ……」

「グスッ」

「静かな場所に新しい家は建てる。きっと素敵な家になるはずだ！」

嘘は言っていない。家を建てるのは本当なんだから。双子を住まわせるとは言っていないからな……。いつまでもぐずる双子に俺はほとほと手を焼いてしまった。


都を出て五日が経った。だが、双子はまだ俺たちと一緒に旅を続けている。よさそうな里親も施設も見つからなかったからだ。

いくら面倒だからといって、素性もわからない者に子どもを託すほど、俺は非情になり切れないでいる。

この街道をもう少し行くとノンドラックという街があるそうだ。比較的大きな街で宿屋も飯屋もあるらしい。

しばらくはそこに逗留しようか。毎日野宿が続いているから、そろそろ落ち着けるところが欲しかった。

「二人とも疲れていないか？」

「ぜんぜん！」

「平気です」

竜人と魔女のハーフだけあってソルアとルナールの体力は並外れていた。五歳児とは思えないほどの健脚である。

「ま、待ってくれ……。もう、膝がプルプルで……」

それに引き換えこの使い魔は……。

「もう少し頑張れ、ガーグル。見ろよ、道の向こうに城壁が見えるぜ」

森が開けて、石造りの城壁が見えてきた。大きな二つの山に囲まれた美しい街である。

「おお！　あそこまでいけば、ようやくまともな飯にありつけるな」

さっきまで息も絶え絶えだったガーグルがもう元気になっている。

「ソルア、ルナール、へばってんじゃねえぞ。俺についてこい！」

ガーグルは元気よく大股で歩き出した。

近づいてみると、やはりそこそこ大きな町だった。城壁には『ノンドラック』と街の名前が書いてある。

どういうわけか、この世界に呼ばれたときに、こちらの言葉は理解できるようになっていた。おかげで、読み書き、リスニングにも困っていない。

「まずは飯を食おう。遠慮はいらねえ、ソルアもルナールも好きなものを食べろよ！」

いっさいの遠慮を捨てた使い魔がなにか言っている。だが、俺は口を挟まなかった。ここのところ例の乾パンばかりで、ろくなものを食べさせていなかったからだ。

食い物っていうのは栄養があればそれでいいってものではないだろう。心の栄養も俺は大切にしたい。

ガーグルは宙に鼻を向けた。

「クンクン……、むっ、あっちの飯屋が美味そうだ！」

「本当かよ？」

「使い魔界の美食王と異名を取った俺さまを信じろ！」

ガーグルはずんずんと歩いて、一軒の飯屋にあたりをつけた。

「ここに間違いない！」

なるほど、店から漂ってくる煮込みの香りは素晴らしい。俺たちは美食王の勘を信じて入店した。

大きな窓がたくさんついており、室内は明るかった。陶器の花瓶には水仙とハーブが一緒に活けてある。高級店というより家庭的な雰囲気な店だった。

俺とガーグルは大盛りを、双子たちもそれぞれ一人前のランチを頼んだ。ゴロリとした肉の煮込みに茹でたジャガイモ、それにパンがついたセットだった。

俺たちは一言もしゃべらずに飯をたいらげ、ようやく人心地つくことができた。

「ふぅ……、あと二人前は食べられるな」

美食王は腹をさすりながらゲップを漏らしている。

「おい、子どもたちの教育によくないだろう。もう少しお上品にしろよ」

「へーい」

「二人ともお腹はいっぱいか？」

「うん、もうなんにも入らない！」

「ごちそうさまでした」

二人もまともな食事を堪能したようだ。普段は遠慮がちなルナールでさえパンをおかわりしたもんな。

ガーグルは店の窓から通りを眺めている。

「いい街じゃねえか。適度に発展していてさ。いっそ、ここらへんに住まねえか？」

人の多い街中に住む気はないが、郊外なら検討の余地はある。

「悪くはないけどな……」

ソルアが身を乗り出して質問してくる。

「ここに住むの？」

「いや、まだ決めたわけじゃない。着いたばかりだしな……」

だいたい子どもたちのこともある。旅の間にすっかり慣れて、来年の春まで預かるくらいならいいか、という気にはなってきているが、まだ踏ん切りはついていないのだ。

時期が来たら都まで連れていかなければならないので、ノンドラックは距離的にも悪くない。

「そうだなあ……」

考えを巡らせながら外を見ていると、通りに本屋を見つけた。間口は狭いが、天井まである棚には本がぎっしりと詰め込まれているのが見える。とたんに俺はウキウキした気持ちになった。

なにを隠そう俺の趣味は読書である。特に、物語を読むのが大好きだ。もちろん実用書や歴史書などにも興味はある。

創造魔法が万能と言っても物語までは自動で作り出せない。どうせ小説を読むのなら人の書いたものが読みたいだろう？

都には本屋があったが、こんな地方都市にもあるとは思わなかった。なぜなら、この世界に活版印刷はないからだ。

本はすべて手書きで、人の手によって筆写されるのが普通だ。だから流通量は極端に少ない。それなのにあの本屋の在庫は驚くほど豊かだった。

「あそこに本屋があるぞ。ちょっと寄っていこう」

「いいねえ、本なら俺さまも大好きだ」

「ガーグルは字を読めるのか？」

「馬鹿にするな！　俺さまは人間の言葉だけでなく、古代文字や魔法言語、悪魔の文字にまで通じているんだぜ。全部嘘の百科事典を編纂するのがオイラの夢さ」

『ガーグル辞典』か……。最初からすべて嘘だとわかっていれば害はなさそうだ。

会計を済ませると俺たちはさっそく本屋へと足を運んだ。

ノンドラック書店は通りから見るよりずっと広い書店だった。店舗の奥行きが深く、二階にも売り場が広がっていたのだ。しかも商品が充実していて、品ぞろえは都で見た書店に引けをとらない。

「いらっしゃいませ」

メガネをかけたクールな美人が俺たちを迎えてくれた。年の頃は二十代中頃、亜麻色の髪をロングにしている。エビ茶色のエプロンがよく似合っていた。

「お探しのものはありますか？」

「いや、久しぶりに本屋を見つけて嬉しくなってね。少し見せてください」

そう告げるとその店員は笑顔になった。始めこそ少し冷たい印象を受けたが、笑うと感じはがらりと変わる。朴訥《ぼくとつ》な中にも温かみのある人柄がうかがえた。

「本好きは大歓迎ですよ。一階は主に実用書、二階は小説が多いです。稀覯《きこう》本はこちらの棚の中ですが、中を見たいときは私に声をかけてください。うかつに手を出すとけがをしますので」

女性の後ろには大きな棚があり、皮や金属をあしらった装丁の立派な本が並んでいる。魔導書の類だろうか？

こちらはすべて貴重品で、簡単には取り出せないよう魔法的な結界が張ってあるようだ。

「大した品揃えだね。正直、驚いたよ」

「すべて私が集めたんですよ。お客さんは旅行者？」

「そうなんだけど、このあたりに移住しようかと考えているところだよ」

「ノンドラックへようこそ。私は店主のララベルよ」

「三上陶治だ。こっちは使い魔のガーグル、この子たちはソルアとルナール」

「よろしくね、みなさん。ここは住むのに便利な街よ。住民もいい人が多いわ」

「そんな感じだね」

子どもを連れての旅にはそろそろ限界を感じていた。双子は素直なよい子たちだが、これ以上の無理を強いるのは気が引ける。いったん落ち着いて今後を考えてみるのも悪くない。なに、気に入らなければまた旅立てばいいだけだ。

「このへんに人が来ない森や山はないかな？」

そう質問するとララベルの目がスッと細くなった。まるで不審者を見る目つきで俺を観察している。

だが、幼い子どもを連れた男が人の来ない場所を探していれば、そういう反応になるのは仕方がないか。

おやおや、用心のためにかけっぱなしにしているスカウター・グラスがララベルから攻撃魔法の魔力を検知したぞ。しかも予想外に高い数値だ。そんじょそこらの騎士よりも攻撃力はよっぽど強い。

腕に覚えがあるのだろう。いざとなったら俺をやっつける気でいるな。

「この子たちはあなたの子ども？」

「いや、そうじゃない。旅の間に保護した」

言い訳はせず、本当のことを話す。俺にやましいところはない。

「トウヤは悪い人じゃないよ。料理は下手だけど」

「乾パンは美味しくないけど、とてもいい人です」

温かいフォローをありがとう。

「俺は誘拐犯じゃないぜ。行きがかりでこの子たちを保護しただけだ。次の春まで預からなければならないから住む場所を探しているんだ」

「そう……」

　ララベルはいちおう納得してくれたようだ。

「ノンドラック周辺に住むとしたら山の麓かしら。でも、勝手に住み着いていることがばれたら、ご領主に怒られるわよ」

「問題ない。許可は得ているよ」

　ダンジョンのエレベーターを作る代わりに、国王からどこに住んでもよいというお墨付きをもらっているのだ。人も住まないような山の麓ならどこからも文句はつけられないだろう。

「山というのはどれだい？」

　ララベルは店の入り口に俺たちをいざなった。

「ここから山が見えるでしょう？　左がエグビル山で右がバガッド山よ」

　エグビル山は木もない岩だらけの山で、いかにも寒々としている。バガッド山は山頂に雪をたたえているが、自然豊かな感じだ。

「エグビルは大昔にこの地を支配した邪竜の名前よ。邪竜は毎日人間の生贄を二人食べたと伝えられているわ」

「とんでもない竜だな。で、バガッドの方は？」

「バガッドは天界を追放された堕天使だったの。でも、悲しみに暮れる人々に心を動かされて邪竜に戦いを挑んだわ。激戦の末にエグビルを討ち果たしたバガッドだったけど、彼も戦いの中で命を落としてしまったそうよ」

　突然ガーグルが手を打った。

「その話なら知っているぜ。俺が生まれる五百年くらい前の話だ」

「実話なのか？」

「そうらしい。まあ八百年も前の話だから確かめようはないけどな」

　邪竜の山なんて不気味だから、住むのだったらバガッド山だな。

「買い物をしたらバガッド山へ行ってみるか」

「そうしよう。食い物はたっぷり買っておいてくれよ」

　俺とガーグルが相談しているとララベルが心配そうに声をかけてきた。

「本当にバガッド山へ行くの？　エグビル山ほどじゃないけど、あそこだって魔物は出るのよ」

「魔物ならここにもいる」

「ガァーオ！」

　ガーグルが唸り声を上げておどけてみせたが、ララベルは笑わなかった。

「住むんだったらなるべく街道に近いところにして。山の奥へは行かないように」

「わかった、忠告に従うよ」

　口ではそう言ったけど、言うことを聞く気はさらさらない。俺はなるべく人がいないところに行きたいのだ。

魔物が多少出たところで結界を施せば問題はないだろう。ヤバそうなのは先に排除すればいいだけだ。

「さて、本を買っていこう。ソルアもルナールも欲しい本があったら遠慮しなくていいぞ」

棚には絵本も売られていたのだ。こちらも手描きなので恐れ入ってしまう。

「これをお願いします……」

自分の主張を滅多にしないルナールが俺のところに本を持ってきた。タイトルは『カエルとウシ』か……。さっと目を通すと、沼のほとりの牧場で暮らすカエルとウシの友情を描いた温かみのある作品だった。

「読めるのか？」

ルナールは悲しそうに首を横に振る。

「寝る前に読んでやるよ」

「っ！」

ルナールの笑顔を初めて見たけど、ふだんよりずっとかわいらしかった。白い頬に赤みが差して、俺まで優しい気持ちになってしまったくらいだ。

俺たちがたくさんの本を買ったので店主のララベルは驚いていた。ひょっとして、お金がないから山のほとりに住むと思っていたかな？

「ありがとうございました」

「また寄るよ。これからもよろしく」

店を出るとさっそくガーグルが食料品店を見つけた。

「あそこへ寄っていくぞ。みんな俺についてこい」

「へいへい。まあ、食材は買っていかないとな。今夜は美味いものを作ってやるから、みんなも荷物を持つんだぞ」

「…………」

ソルアとガーグルが懐疑的な目で俺を見つめている。

「おまえら、ひょっとして俺が不味い乾パンしか作れないと思っていないか？」

「うん……」

「トウヤに料理なんてできるわけがねえさ」

それはあくまでも創造魔法を使った場合だ。これでも料理はできる方なんだぞ。俺はソルアとガーグルを見返してやるべく、気合を入れて食材を探した。


ノンドラックの街で買い物を済ませてバガッド山までやってきた。木々には新芽が芽吹き、春の花が咲きはじめている。

美しい渓谷もあり、水に困ることもなさそうだ。まあ、水なんて創造魔法でだって作れるけどな。

「風光明媚でいいところじゃないか」

「凶暴な魔物がたくさんいるだろうがっ！」

ガーグルが歯をむき出しにして怒っている。

「いや、ガーグルだって魔物だろ？」

さっきから十分に一度ほどの頻度で魔物の襲撃を受けているのだ。都のダンジョン並みだな。

そのたびにマジックガンで撃退しているので問題は起きていない。

「俺はお育ちのいい魔物なんだよ。ここいらの山出しと一緒にするな」

「安心しろよ。魔物の反応はどんどん遠ざかっているから」

俺が端から排除しているせいか、魔物たちは逃げ出しているようだ。

「それなら……って、また来たじゃねえか！」

大型のリザードマンが現れた。ワニの顔と金属製の槍と盾を装備している。動きも俊敏で手強そうだ。都のダンジョンなら地下六階あたりにいる魔物と考えていいだろう。

「このエリアのボスのようだな。あれを倒せばみんな逃げていくだろう」

すでに抜いていたマジックガンの照準を敵に合わせたとき、なんとソルアが魔物に向かって前に出た。

「ソルアパンチッ！」

「危ないぞ！」

　間髪を容《い》れずに注意したけど、ソルアの踏み込みはあまりに早く俺の制止は間に合わなかった。

　俺はこんな場所で子どもを死なせてしまうのか⁉

　目を覆いたくなるような光景を想像して一気に汗が噴き出してきた。これも俺が油断していたせいだ！

　だがそれは杞憂でしかなかった。なんと、小さな拳が腹に突き刺さり、リザードマンがのたうち回っている。

　このガキ、どれだけ強いんだ！　スカウター・グラスによるとインパクトの瞬間に魔力が爆発していたぞ。これが竜人の力を受け継いだソルアの力か……。

「あれくらいどうってことないよ」

　鼻息も荒くソルアは両腕を組む。ソルアの強さはわかっていたが、現実を目にすると唖然としてしまった。

「ガーグル、あいつらに俺の保護って必要か？」

「わからん……」

　まあ、保護者として一言だけ叱っておくか。

「ソルアが強いことは知っているけど、それでも危ないことをしたらダメ！」

「はーい」

返事だけはいいが本当にわかっているのかな？　しつこく言っても逆効果かもしれないから
これくらいでいいだろう。

リザードマンを撃退すると魔物はめっきり姿を現さなくなった。静かになった山の中で俺た
ちは家作りのための土地を探し続ける。

「うーん、なかなかいい場所がないな」

「トウヤはどんなところを探しているんだよ」

「渓流から近くて、なるべく平らなところがいいな。ガーグル、どこかよさそうな場所を空か
ら見つけてくれよ」

「そんなことを言われても、木が茂っていてよくわからんぞ」

ルナールが遠慮がちに話しかけてきた。

「たぶん、こっちです……」

ルナールは藪の奥を指している。そうか、この子には予知の力があったな。だから、土地の
選定ができるのかもしれない。

「よく教えてくれたね。ありがとう」

ルナールを信じて行ってみることにした。

藪漕ぎをしながらしばらく進むと山腹に平らな土地が広がっていた。近くには清流も流れて

いる。ここなら家を建てるにも菜園を作るのにも適しているだろう。

「ルナールの言ったとおりじゃないか！　ありがとう。すごいよ」

「そんなこと……」

ルナールは俯いてしまったけど、こちらを拒絶している感じではない。はにかんでいるだけのようだ。

こういうときは頭でも撫でた方がいいのかな？　でも、拒否されたらどうしよう。俺のことを失礼なやつだと思うかもしれないし……。

まったく、子ども相手は難しい。俺にしてみれば魔法で家を作る方がずっと簡単だ。さっさと作業に取りかかろう。

「よおし、ここに俺たちの家を建てるぞ！」

「やっと決まったか。そうと決まれば、俺は休ませてもらうぜ」

あとはお好きに、とばかりにガーグルは草むらの上に横になってしまった。

「年寄りは放っておいて建物の間取りを考えよう」

「間取りってなに？」

「部屋の配置をどうするかってことさ。ソルアとルナールの部屋も作るからな」

「私たちも部屋がもらえるの⁉」

ソルアは大興奮だ。ルナールも顔をほころばせている。草の上で寝ていたガーグルまでこちらにやってきた。

「俺には地下室を作ってくれ！　インテリアにはこだわりがあるから、そこんとこもよろしく」

「インテリアって、観葉植物か？」

「おお、食虫植物や食肉植物もいいな！　それから骨格標本に毒物のコレクション、拷問道具も並べたいぜ」

趣味の悪さが全開である。

「地下室は用意するから、好きにやってくれ。子どもたちにはブランコや滑り台もいるかな？」

「ブランコを作るの⁉」

活動的なソルアが目を輝かせている。もっとも、これは子どもたちを純粋に思いやって言ったわけじゃない。

遊具があればそれで遊ぶだろうし、そうなれば自分の時間を確保できると考えたからだ。せいぜい子どもの興味を引きそうなものも作ることにしよう。

その日はざっと計画を立てているうちに日が暮れた。

「今夜も野宿だな。その代わり飯だけは美味いものを用意してやるぞ」

「へー……」

誰一人として俺を信じてくれていない。だが汚名は今夜で返上だ。

「ガーグル、料理を手伝ってくれ」

「いや、俺は料理なんてしたことないし……」

「使えない使い魔だな！　三百年を無駄に過ごしやがって」

「魔物は料理なんてしなくていいの！　素材の持ち味をフルに楽しむんだよ」

「だったら俺のシチューを食うなよ」

「そ、それはまあ、魔物って三百歳を超えると舌が肥えるから……」

ブツブツと文句を言いながらもガーグルは料理を手伝った。素材を川で洗うくらいはしてくれたよ。他はぜんぜん役に立たなかったけどね。

簡単なシチューだったけど自分としては美味しくできたと思う。昔、母の日に母さんのために作ったことがあったんだよね。

一口食べたソルアが驚いている。

「すごい、トウヤが作ったとは思えないよ！」

「美味いだろう？　俺だって料理くらいできるんだからな」

レパートリーは少ないけどさ。

無言で食べていたルナールが俺を見て微かな笑顔を見せた。

「お母さんのシチューに似ています……」

その一言で胸を締めつけられる思いがした。こんな小さな子どもが両親を亡くしてしまったのだ。この子たちの心の傷は俺などには計り知れない。

失敗したな……。ララベルの店で料理の本も買えばよかった。せめてこの子たちにもっと美味いものを食べさせてやりたい。本気でそう思った。

3　ノンドラックの人形師

バガッド山に朝が来た。外はまだ寒かったけど、特殊素材で作った発熱毛布のおかげで寝ている分には寒くなかった。

それにテント生活とはそろそろおさらばだ。今日から本格的に家を作っていくぞ。まずは夜なべして作った結界装置を取りつけていくか。

これを敷地に配置すれば人間はおろか、魔物だって簡単には入ってこられないのだ。まあ、敷地といっても俺が勝手に想定しているだけなんだけどね。

「これだけじゃ完璧じゃないな。人の感覚に干渉してこちらに来たくなくなる装置もつけておくか。俺の家に近づくほど不安が増幅する装置があれば、やってくる人間は皆無になるだろうからな」

自分のアイデアに満足している俺の裾をルナールが引っ張った。

「ん？　どうした」

「もし、かわいそうな人がいたらどうするの？」

「かわいそうな人？」

「道に迷った人とか、ケガをした人。お母さんはそういう人を助けてあげていました……」

「ふむ……」

人道的な側面を無視するのはよくないか。完全に門前払いというのもひどすぎるかもしれない。

「商人になにかを配達してもらうことだってあるかもしれないからなあ……。よし、不安増幅器はやめだ。それと、門くらいは作っておくとしよう」

考えを改めるとルナールは嬉しそうな笑顔になった。

どんなところに住んでいたって、人との交流を完全に断つことなどできはしまい。ルナールの言うとおり救助を必要とする人だって現れるかもしれないのだ。

人付き合いが嫌だからといってそこまで他者を拒否すれば、俺は人ではいられなくなってしまうかもしれない……。以上のことを考慮して、まず大きな門を設置した。城塞にあるような鉄の枠をはめた頑丈な門である。

脇に呼び鈴をつけたので、用のある人はこれで俺を呼び出せばいい。気が乗らなければ出ていかなければいいだけだ。

結界装置を起動して安全地帯が確保できたので次は整地をすることにした。

「しばらくかかるから、二人は遊んできなさい。ただし、安全地帯からは出ないように」

「出たらどうなるの？」

「魔物に食われてしまうぞ」

「ソルア、強いから平気だもん！」

「食われるのはお目付け役のガーグルだ」

「うむ、俺さまはデリケートな魔物なのだ。いたわりの気持ちを忘れるなよ」

「はーい！」

双子とガーグルは元気よく遊びに行った。これでようやく家造りに集中できる。

「ついにこのときが来たな」

異世界に来てから俺はずっとこのときを待っていたのだ。今こそ思いっきり普請道楽を楽しむとしよう。

俺はシャツの袖をまくって魔力を集中させた。


気分が乗った俺はいつも以上の集中力で創造魔法を使った。武器やらなんやらを作るよりずっと楽しい。もちろん乾パンを作るよりずっと……。きっと性に合っているのだろう。

数時間で整地が完了したので、次は基礎部分を作った。休憩なしで作業を続けたけど、まったく疲労を感じないほど興が乗っている。

その辺に生えている木や、落ちている岩石なども資材として利用する。そうすることによって魔力が節約できるし、自然の造形を利用することによって石壁に趣が増すのだ。やっぱりクラフト系の遊びは最高だよ！

お昼前に基礎工事は完成した。戻ってきた双子も驚いている。

「すごい、すごい！　私たちの部屋はどこ？」

「この上、二階の角になる予定だよ」

「うわあ！」

ソルアは俺の腕に抱きついて喜んでいる。

「トウヤ、暖炉も作ろうよ。ソルアもお手伝いするから」

「暖炉か、それもいいな」

本当はオール電化ならぬオール魔導化にしようと考えていたのだが、揺れる炎というのは風情があっていいものだ。田舎のスローライフには欠かせないアイテムのような気もする。

「よし、リビングに取りつけるとしよう」

「やったぁ！　私、暖炉に使えるような大きな石をいっぱい運んでくるよ」

ソルアのように感情を素直にぶつけてくれるとこちらも扱いやすくて楽だ。その一方でルナールはしょんぼりしている。

「ごめんなさい。私はソルアみたいに大きな石を運べないから……」

やれやれ、ソルアと比べて自分を役立たずだと思っているのかな？

ルナールは遠慮深くて、あまり自分を主張することがない。そういう慎み深いところは美徳かもしれないけど、俺にしてみればかえって困ってしまうことも多い。

ソルアのように遠慮なく要求を突きつけてくれた方が楽だと思う。ただ、心を開けないルナールの気持ちもわかる。

子どもは素直がいちばん、なんて言うやつもいるけど、どうしても遠慮してしまう気持ちは痛いほどよくわかる。だって他ならぬ俺がそういう子どもだったからだ。だからこそ、ルナールにはもっと自信をつけてほしかった。

「石を運べなくても気にすることはないさ」

「でも……」

「この場所を教えてくれたのはルナールじゃないか。もっと自信を持った方がいい」

「…………」

ルナールは悲しそうに黙ってしまった。

「そうだ、ルナール、明日の天気がどうなるかわかるかい？」

ルナールは小さな手で頭を抱えて集中している。スカウター・グラスが強力な魔力の流れを検知した。

「たぶん、晴れ……。お昼に少しだけ曇ると思う」

「ありがとう。明日も作業ができそうだな」

俺はルナールの手を取って握手した。

「ほら、ルナールは俺の役に立ってくれているぞ。石を運べなくたっていいさ」

そう言ったがルナールはまだ釈然としない表情をしている。一日中働いて疲れているが、もうひと頑張りしてみるか。

俺は残り少ない魔力を手に集めて大地に放った。土がもこもこと盛り上がり、みるみるうちに五メートル四方の家庭菜園ができあがる。

「これ、畑……？」

「そのとおり。作物を作るのに天気予報がどれほど重要かは知っているかい？　これからも役に立ってもらうからな」

「う、うん……」

「ルナールの好きな果物はなんだ？」

「イチゴ……」

「よし、落ち着いたらイチゴを植えよう。ルナールも手伝ってくれるか？」

「うん」

ルナールは少しだけ笑顔を取り戻した。

ふう、ララベルのところで農業関係の本も買ってこないとな。子どもと暮らすのはまったくもって難しい。創造魔法はなんでも作り出せるけど、それだけではとても足りないことが身に染みた。

魔法でイチゴを作れたとしても、それではルナールの笑顔は引き出せないだろう。一緒に種をまき、育て、収穫して、それをともに食べたとき、本当にルナールの信頼を得られるのかもしれない。

まったく、先が長くて気が滅入る。それでも、ルナールと一緒にイチゴを収穫するのが楽しみな俺もいた。


家を作り始めて一週間が経過した。季節は春らしさが進み、朝晩の冷え込みも緩やかになっている。

来る日も来る日も、俺は家造りに熱中した。クラフト系のゲームをするみたいに、試行錯誤を繰り返し、居間、食堂、キッチン、広いお風呂、書斎、寝室、子供部屋、トイレ、予備の部屋、ガーグルの地下室などを作った。自画自賛になってしまうが山の中にあるとは思えない豪邸になっている。

外見は小さいながら瀟洒《しょうしゃ》な城、内部もラグジュアリーな雰囲気に仕上がっているのだ。

しかも暖炉以外はオール魔導化の異世界住宅である。温度や湿度も自動調節で非常に快適だ。サンルームの洗濯物はよく乾くし、冷蔵庫の食品は長持ちだった。

こういった機能を可能にしているのが世紀の大発明、蓄魔装置のおかげである。エネルギー源は俺の魔力と魔結晶。補助的に空気中の魔素を取り込んで魔力に変換しているけど、これは量が少なく全体の四パーセントほどだ。さらに改良を加えて魔素の利用を十パーセント台に上げるのが今後の課題である。

とはいえ、今のところ蓄魔装置の利用に問題はまったくない。自分の魔力に余裕があれば蓄魔装置に貯めておけるので非常に経済的だ。魔結晶は補助的に足してやるだけでいい。

しかも蓄魔装置からすべてのエネルギーが供給されるので、それぞれの魔道具にいちいち魔力を補充してやる必要もない。

ガーグルも双子もはじめは戸惑っていたけど、今ではすっかりこの生活に慣れてしまった。みんな平気で照明、給湯器、エアコン、洗濯機などを使いこなしている。

子どもたちともかなり打ち解けてきて、双子がいる生活が俺にとって日常になりつつあった。

「おはよう、トウヤ！　朝ご飯はなあに？」

我が家の朝はソルアのこの質問から始まる。

「今朝は目玉焼きとベーコンをのっけたトーストだ。ホットミルクにするなら自分でチンしなさい」

「はーい」

ルナールはまだまだ遠慮が多いけど、それでも少しは心を開くようになった。毎晩、寝る前に絵本を読んでやったのがよかったのかな？

『カエルとウシ』は暗記してしまうほど読んでしまったので、次にノンドラックへ行ったときはララベルの店で新しい絵本を買わなければならない。

ダイニングにはトーストとコーヒーの芳香が満ちていた。玉ネギとジャガイモの炒め物も美味そうだ。

「いただきまーす！」

俺たちはいっせいに朝ご飯にかぶりついた。

「三人の予定はどうなっている？」

「私とルナールは部屋に飾る花を摘んでくる」

「俺も二人と一緒に骨を探しにいくぜ。完全な骨格標本を作るには地道な作業が必要なのだ」

「気をつけるんだぞ。結界から外に出たらだめだからな」

活発なソルアは不承不承うなずいた。

「わかってるよぉ。ねえ、午後は釣りをしてもいい？」

家の外には渓流から支流を引いてあるのだ。本流からマスやウナギなども入ってきて、釣りが可能になっている。釣竿も人数分作製済みである。

「でっかいのを釣ってくれよ。うまくいったら夕飯はマスのムニエルにしよう」

「任せといて。トウヤも一緒に釣りをしようよ」

「俺はまだ家造りの途中だから、また今度な」

ガーグルが呆れたように俺を見る。

「もうじゅうぶんじゃねえか。まだなにか作るのか？」

「まだまだ序の口だよ。ガーデニングもやりたいし、菜園をもっと広げたい。果樹も植えたいな。夜に酒を楽しむバーカウンターは今日から取りかかりたい」

「お、酒はいいな。子どもたちは俺が見ておくから、さっそく作ってくれ」

バーカウンターはささやかな安らぎだ。子どもたちが寝た後に、束の間の平穏を楽しむのだ。

「だが、酒はどうする？　トウヤが作れるのは激マズの乾パンと水だけで、ワインなんて作れないだろう？」

「先日、ノンドラックで小耳に挟んだんだが、五日後に市が立つそうだ。そのときにいろいろと仕入れようぜ。つまみになるサラミやチーズとかもさ」

「いいねえ！」

喜んだガーグルだったが、すぐに浮かない顔になってしまった。

「どうした、心配事か？」

「いろいろ買うのはいいが、それを運ぶことを考えると気が重くてさ。トウヤは使い魔に労働を強いるからよお……」

「人聞きの悪いことを言うな！　いつだって俺の方が重い荷物を持っているだろうが」

だが、大量の荷物を持って山道を歩くのはたしかに大変だ。

「乗り物でも用意するか」

「ぜひそうしてくれ。トウヤ君の努力に期待しているぞ」

使い魔はそう言い残して遊びに行ってしまった。まあ、子どもたちを見ていてくれればそれでいい。

三人には無線機を渡してあるのでなにかあれば連絡してくるだろう。面倒事をガーグルに任せ、俺は家造りに熱中した。


夕飯は双子たちが釣ってきたマスのムニエルだった。

「お料理できる？」

ソルアは心配そうだが問題ない。

「俺をなめるなよ」

まずは内臓を出して全体をしっかり洗った。それを台の上に置いて塩コショウで味つけをする。

自分たちが釣った魚がどうなるのか気になるのだろう。双子は台の上に乗って俺の調理を見守っていた。

「よし、これに薄く小麦粉をつけるぞ」

「ソルアもやってみたい！」

「じゃあ、お手本を見せるぞ。こんな風に小麦粉の上にマスの両面をつけて、パンパンと手で払うんだ」

「…………」

ソルアは真剣な目をしてマスの下処理をしている。

「ルナールもやってみるか？」

「うん……」

ぎこちない手つきだったけど、二人ともマスに粉をつけることができた。

「二人とも上手にできたな。それじゃあ、これをバターソテーしていこう」

パチパチと音を立ててマスが焼けていく。

「いい匂い……」

「早く焼けないかなあ」

ルナールもソルアも片時も目を離さずマスが焼けるのを見つめている。パチパチとはぜる音が小さくなり、マスの両面がこんがりとしたキツネ色になってきた。

「そろそろいいかな。お皿を取ってくれ」

二人はいっせいに台の上から飛び降り、小さな両手でお皿を出してくれた。

「これがソルアのマス、こっちのがルナールのマスだ。さあ、夕飯にしよう」

シンプルな料理ながらマスのムニエルは本当に美味しかった。双子にとっては自分たちで釣った魚だけあって感慨もひとしおだったようだ。

「明日もまた釣ってくる！」

特にソルアは張り切っている。

「おいおい、そんなに釣ったらバガッド山からマスがいなくなっちゃうぞ。それに、毎日同じものじゃ飽きるだろう？」

「ソルア、平気だもん！　でも、マスがいなくなっちゃうのはやだな……」

「そうだろう？　明日は違うものを食べよう」

大きく膨らんだ腹をさすりながらガーグルが聞いてきた。

「ところで乗り物を作るとか言っていたよな？　あれはどうなった」

「今夜から取りかかるよ」

馬はいないが、馬小屋のようなところは作ってある。今夜はそこで作業しよう。

「具体的にどんな乗り物を作るんだ？　やっぱり馬車か？」

「そうだなあ……」

最初は自動車のようなものを作ろうと思ったのだが、その案はボツにした。目立ちすぎるのはよくないからだ。

「やっぱり馬車かなあ」

「となると馬が必要だな。牧場に買いに行くか？」

「その必要はない。ゴーレムの馬を作るよ」

　この世界には作業用のゴーレムが存在するから、それほど目立たないだろう。もっとも俺が作るゴーレムと一般的なゴーレムでは、構造や性能がかなり違うと思うけどね。まあ、目立たなければいいのだ。


　夕食が終わり、俺は馬小屋で作業を開始したのだが、すぐに双子とガーグルもやってきた。

「もう寝る時間じゃないのか？」

「どんな馬車かできるのか気になって見に来たの。お願い、もう少し起きていてもいい？」

「少しだけ、お願い。もう、歯磨きもしたよ……」

　ソルアだけではなくルナールも馬車がどうなるか気になるようだ。ガーグルも同じらしい。

　それどころか馬車のデザインにまで口を出してきたぞ。

「俺としては黒塗りの馬車にしてほしいな。サイドには金色の髑髏《どくろ》の紋章を入れてくれ」

「山賊は逃げていくかもしれないが、俺の趣味じゃないな。ルナールとソルアはどんな馬車がいい？」

「花柄のかわいいの！」

「お姫様が乗る馬車みたいなの。白くて屋根がなくて……」

　テーマパークのパレードみたいだな。そういうのはちょっと勘弁してほしい。

「もう少し普通な感じにしようぜ」

「だったら意見を聞くんじゃねえよ」

ガーグルに叱られてしまったが、考えてみればこいつの言うことももっともだ。特にルナールは勇気を出して自分の意見を言ったと思う。

しょんぼりしている双子に俺は頭を下げた。

「悪かった。あまり派手なものは作りたくないんだよ。だから見た目は普通の馬車がいいんだ。その代わり、内装に二人の意見を取り入れてみるよ。花柄をあしらって、お姫様が乗るような馬車みたいにしてみる」

「おいおい、俺の意見はどうなる？」

「ガーグルには最初から聞いていないだろう？　だから金の髑髏は却下な」

「横暴だぞ！」

わめきたてるガーグルを俺は無視した。

「それから馬車を引くゴーレムも作製しないとな」

「馬のゴーレムを作るの？」

おれはルナールに首を横に振ってみせた。

「それじゃあ芸がない」

荷車を引くゴーレムは馬型が一般的だ。他にも農業用のウシ型や軍用のドラゴン型もある。見たことはないけど、外国には像型やサイ型もあるそうだ。だけど、俺はもうひとひねり加えることにした。

「俺は半人半獣のゴーレムを作ろうと思う。首から上がヒト型で下半身は馬。槍を装備して戦闘だって可能だぞ」

「半人半獣？」

この世界にケンタウロスのような生き物はいないのかな？　双子もガーグルもよくわからないといった顔をしている。

俺は創造魔法でクレイ人形のサンプルを作った。威嚇の意味でも筋骨は隆々に、一般的な馬よりも逞しくした。

髪の毛は作るのは面倒なので髪のない、いかついおじさん風でいいか。金属製の槍を装備させればできあがりだ。

「どうだ、強そうだろう？」

「かわいくない！」

ソルアには不評である。

「どうすればいいんだよ？　パワーとスピードを維持するには、これ以上小さくはできないぞ」

「花冠をのせてあげればいいと思う」

「本気か？」

ルナールはコクコクとうなずく。

「やってみるか……」

俺は魔法を展開しておっさんゴーレムに花冠を被せた。

「うん、少しかわいくなった！」

「もう少し……」

ソルアは気に入ったけど、ルナールにはいろいろとこだわりがあるようだ。

「じゃあ、武器をもう少しかわいくしてみるか？」

魔法少女が使うような槍にしてみた。白を基調にピンクや金、カラフルなオーブで装飾する。

こうなったらピンクのリボンもつけてしまえ。

「どうだ？」

「すごくいい感じ」

「さっきよりは好き……」

違和感が半端じゃないが、あまりの異様さゆえに盗賊も襲ってこないかもしれない。目立ちたくないという気持ちには反するが、作製意欲がそれに勝ってしまったからには仕方がない。

これはこれでよしとしよう。

「この子に名前をつけようよ！」

ソルアが元気よく提案した。

「この子？　まあ、名前があった方が便利か。どんな名前がいいんだ？」

「ジュンテッドン・ロッドマイスター・ウローン！」

「それは長すぎて呼びにくいな」

「そうかなあ？」

ルナールがおずおずと手を上げる。

「じゃあ、ジュンちゃんがいい……」

「ジュンちゃん？　こいつが？」

「それ、いいよ！　ルナール」

ルナールはまたかわいい名前をつけたもんだな。ソルアも喜んでいる。だったらこいつはジュンちゃんでいいか。

「いい名前じゃないか。よし、こいつの名前はジュンちゃんに決定だ」

見た目に反してかわいい名前になったけどいいだろう。そのうちに慣れて違和感はなくなるはずだ。そんなものだと思う。

「よし、馬車のコンセプトは決まったし、ゴーレムには名前もついた。子どもたちはそろそろ寝る時間だ」

「はーい」

「ガーグル、後を頼む」

寝室に引き上げる子どもたちを見送り、俺は作業を再開した。子どもたちがいなくなるとやっぱりホッとしてしまう。子育てというのは自由の制約だと実感した。

さて、エクステリアやインテリアは双子の意向を取り入れるが、機能は俺のこだわりを優先させたい。

馬車の体裁をとりながらも、この世界の馬車にはない自走式にするか。つまり自動車と同じということだ。

いざというときはジュンちゃんなしでも走れるようにしてしまうのである。ハンドルやペダル類はどこかに格納して、自走するときだけ出現させる仕様がいいな。

まあ、社畜時代に嫌ほど営業車に乗っていたから、どうしても運転したいわけじゃない。あくまでも、いざというとき用だ。

俺は集中してパワフルな魔導モーター、粘り強い足回り、ゴムタイヤ、サスペンションなどを作製していく。

やっぱりこの時間がいちばん楽しいな。インテリアはソルアの意見を取り入れてお洒落な花柄模様の布を張っていくか。前世で見たアルフォンソ・ミュシャのデザインを参考にすればよさそうだ。

シートはルナールの意見を取り入れて豪華な白い革張りの予定だ。たしか、プリンセスのシートは白が基本だったはずだ。

スプリングが効いているから、この世界の馬車のようにお尻が痛くなることもないだろう。

馬車の形状は箱馬車であるが、上部開閉式を採用したコンパチブルタイプにしてみるか。その方が子どもたちも喜ぶだろう。

俺は寝るのも忘れて馬車作りに熱中していった。

暖かな朝だった。本日のメニューはパンと卵を落とした野菜スープだ。スープには大きなソーセージも入っている。

子どもたちはモリモリ食べて今日も元気いっぱいだ。

「今日はノンドラックに市が立つ日だぞ。ご飯を食べたら出かけるからな」

ソルアはキラキラと目を輝かせている。

「トウヤ、市ってどんなものがあるの？」

「さなあ、俺もここの市は初めてなんだ。きっと食料や雑貨なんかが並んでいるんだろう」

「おもちゃもあるかな？」

「あるかもしれないな。気に入ったのがあれば一つだけ買ってやる。ただし、あんまり高いのはだめだからな」

双子たちも市へ行くのが楽しみで仕方がないようだ。

「ルナール、食べ終わった食器を運ぼう。早く準備をしなくっちゃ」

「うん」

二人は率先してお手伝いをしてくれた。

「ガーグル、少しは子どもたちを見習えよ」

「ふん、もう少しであいつらも反抗期だ。そうなれば双子は俺さまの配下よ。わが軍団はトウヤに反旗を翻すからな」

「くだらないことを言っているとなんにも買ってやらんぞ」

「…………。さーて、お皿を洗っちゃおうかなぁ！」

食べ終わった食器を持って、ガーグルは台所へ引っ込んだ。

その後、荷物をまとめて俺たちは馬小屋に集まった。

「おっはよ、ジュンちゃん！」

ゴーレムのジュンちゃんは話せないので、ソルアのあいさつにも小さくうなずくだけである。

魔法少女風の槍を持ち、無口で強面のメタルゴーレムはだいぶ不気味だったけど頼もしくもあった。


市は人でごった返していた。近隣の村からも人が集まっているようでかなりの賑わいを見せている。

「いろんな露店が並んでいるな」

「見てみて！　やっぱり、おもちゃを売っているよ！」

「お菓子の屋台もある」

ソルアとルナールがはしゃいでいる。

「お、ガラス瓶を売っているじゃねえか。俺さまの毒物コレクションを入れておくのにうってつけだな」

ガーグルもさっそく物色を始めていた。金を出すのは俺なのに図々しいものだ。

街中は混み合っていたけど、ジュンちゃんの偉容？に人々は道を開けてくれた。

「あそこに駐車スペースがあるな。ジュンちゃん、そこの空き地に馬車を停めてくれ」

窓から叫ぶと、ジュンちゃんはスムーズに馬車を寄せた。

まだまだ開発途中だけど、これくらいのコマンドは理解できるのだ。コマンド数はこれからも随時更新して性能アップを図る予定である。

そうやって、いずれはジュンちゃんマークⅡ、ジュンちゃんＸ《エックス》、ジュンちゃんＸＸ《ダブルエックス》などを開発し、最終的に美少女戦士風おっさんゴーレム護衛団を作るのが俺の夢……のわけがない！

もっと普通のゴーレムを開発したいよ。もっとも、ジュンちゃんにはすでに愛着がある。こいつはこいつでかわいいのだ。まあ、俺は生みの親だから。

「馬車が盗まれないように守っていてくれ」

ジュンちゃんは無言でうなずく。手に持っている槍はピンクでかわいいけど、顔は恐ろしいから不埒な盗人が近づくこともないだろう。野次馬が大勢遠巻きで見守っているけどね……。

馬車を降りて向かうと、市にはいろいろなものが売られていた。

「紅茶があるじゃないか。あっちには乾燥ハーブもあるな」

俺は食料品や調味料、花や野菜の苗、種、などを大量に買い込んでいく。

「おじさん、これはなに？」

ソルアは元気で物怖じせず露天商に話しかけている。ルナールは商品に興味はあるようだが俺の後ろに隠れている。

自分の裾をぎゅっとつかむルナールに不安を覚えるが、これは俺を信頼している証でもあるのだろう。

ちょっと躊躇しながら手を差し出してみると、ルナールは小さな手でぎゅっと俺の手を握り返してきた。

人と手をつないで歩くなんて久しぶりだ。ちょっと歩きにくかったけど悪い気はしなかった。

それぞれに欲しかったものをあらかた買い終え、俺たちは通りをブラブラと流した。そこで俺の目に飛び込んできたのが素敵なコーヒーセットである。

銀製のポットや砂糖壺、白地に藍色の絵付けなど、俺の琴線に触れまくる逸品だった。

「こいつはいくらだい？」

「七万八千エクスだ。最初に言っておくけどこれ以上はまけられないよ」

　一エクスは一円くらいの価値である。と考えると、思っていたより高いな。だけどスカウター・グラスの解析によれば、銀製品はすべて純銀である。そして加工の一つ一つに職人の技が光っていた。

　まあ、商人に声をかけた段階で俺の心はすでに決まっていたようなものだ。

「よし、こいつをもらおう」

「ありがとうございます！」

　嬉々として商品を箱詰めする商人の横でルナールが驚いている。

「こんなに高い食器を買うの？」

「倹約は大切だけど、欲しいものは思い切って買う。これが俺の流儀なの」

　天真爛漫なソルアは納得しているようだ。その横でガーグルが悪魔的な笑みを浮かべた。

「トウヤのそういうところは嫌いじゃない」

「そうか？」

「うむ、こういうやつが破滅するのを見るのが大好きなのだ」

「悪趣味だな」

　ガーグルの言葉にルナールがプルプルと震えている。

「破滅はだめ……」

「そんなに怖がらなくても大丈夫さ。破滅するほど物欲は強くない。ガーグルもいい加減なことを言うな」

「ケッケッケッ、いざとなれば俺がトウヤを養ってやるさ」

ガーグルは愉快そうに笑っていた。

「さて、帰る前に本屋へ寄っていこう」

荷物をジュンちゃんに預けて俺たちはララベルの店へ向かった。

「いらっしゃいませ。山に住むなんて言ってたから心配したけど、どうやら無事だったようね」

「へえ、心配してくれていたんだ？」

「子どもたちをね」

言葉はそっけなかったけどララベルは笑顔だった。

「今日はなにか探し物？」

「料理の本が欲しいんだ。うちには食べ盛りがいるからね」

ララベルは驚いた顔で俺を見つめた。

「意外と真面目なのね」

「子どもには美味くて栄養のあるものを食べさせなきゃだめだろう？」

幼少期の食事は大切なのだ。どこかでそう読んだ記憶がある。

「あなたを少し見直したわ。こっちに来て、おすすめの料理本を紹介するわ」

ララベルのところで料理の本を一冊、ソルアとルナールのために童話を一冊、ガーグルのために『毒薬大全』を一冊買った。

「金食い虫の使い魔だな。ガーグルの本がいちばん高いぞ」

「ケチケチするなよ。一万二千エクスくらいで」

「お前なあ……」

今日はいろいろ買い込んだので、都から持ってきた金はだいぶ少なくなってきているのだ。そろそろ金策を考えなければならない。とはいえ、今日明日になくなる額ではないので俺はのんびりと構えていた。

本の代金を受け取ったララベルが俺に質問してきた。

「ところで、あなたたちはどこに住んでいるの？　バガッド山の麓といってもいろいろあるでしょう？」

「麓というか、山の中腹あたりだ」

「本気で言っているの？　あそこは魔物も出るでしょうに？　子どもがいて平気なの？」

「魔物なら私とトウヤが追っ払ったよ」

ソルアが元気よく答えているが、ララベルは不安げに双子を見つめている。

「大丈夫だよ、ララベルお姉ちゃん。私たちはとっても強いんだから！」

「でも山の中の家で不便はない？」

「トウヤの家はすごいんだよ！　ぜんぜん不便じゃないよね」

「うん、私たちの部屋もあるの」

ソルアとルナールが家を自慢している。俺としてはあまり他人にしゃべってほしくはないのだが、ここで口止めをしてしまうとますます不審がられてしまいそうだ。

「そうだ、ララベルお姉ちゃんも遊びにおいでよ！」

「えっ⁉」

俺とララベルは同時に声を上げてしまった。ただ、その意味するところは違ったと思うけど。

「ねえトウヤ、いいでしょう？」

「それは……」

「お姉ちゃん、私たちのところへ遊びに来て」

「そうねえ……」

おい、本気で来る気か？　家にはあまり他人を呼びたくないのだが……。ララベルをけん制する意味でも、子どもたちをたしなめておこう。

「おいおい、無理を言ったらだめだぞ。ララベルにだって都合があるんだからな」

「あら、お店が休みの日なら基本的に私は暇よ」

「う、うん……」

「それとも、私がトウヤの家に行ってはいけない理由でもあるのかしら？」

「そんなことはない……」

きっとララベルは双子を心配しているのだろう。それで生育環境を確かめるために俺の家へ来る気でいるんだな。

けっきょく、十日後の店が休みの日にララベルは我が家へ来ることになってしまった。ソルアとルナールに押し切られてしまったよ。

ララベルはまだ俺を誘拐犯と疑っている節がある。だが、俺にやましいところはない。こうなったら今回の訪問で誘拐犯疑惑を払しょくし、逆に度肝を抜いてやる。

「当日はジュンちゃんを迎えに行かせるから」

「ジュンちゃん？」

「こいつがジュンちゃんだ。おーい、ジュンちゃん！　こっちに来てくれ！」

俺が呼ぶとジュンちゃんがぬっと入口から顔を出した。今日も花冠がプリティーだ。

「ヒャッ！」

「驚かなくてもいいよ。ジュンちゃんは悪さなんてしないから」

ソルアがララベルを落ち着かせている。

「うちのゴーレムのジュンちゃんだ。ジュンちゃんの引く馬車に乗ればうちまで迷わず来られるからな」

「わ、わかったわ……」

少々怯えていたけど、ララベルの決意は変わらないようだった。

帰りの道中で俺は双子たちに向き合った。

「俺は自宅に客は呼びたくないんだよ。今回のことはもう仕方がないけど、これからは気をつけてくれ」

「どうして？」

ルナールが質問してくる。

「こいつは前科六十七犯の逃亡者なのだ」

「やめろ、ガーグル。子どもたちが本気にしてしまうだろう？　俺は孤独が好きなんだよ。誰にも邪魔されずに、独りでいろいろ作るのが好きなんだ」

「そうなんだ……」

ルナールは納得してくれたようだ。だが、ソルアはそうでもない。

「でも、トウヤだってララベルお姉ちゃんのことは好きでしょう？」

「別に特別な感情はないな」

「本当に？　トウヤ、ララベルお姉ちゃんとお話をしているときは楽しそうだよ。けっこう笑っているもん」

「俺が？」

自覚なんてなかった俺は肩をすくめてみせるしかなかった。


新緑の間を吹き抜けてくる風が気持ちよい日だった。俺は作業着に着替えて朝から大工仕事だ。といってもノコギリや金づちを使うわけじゃない。今日も創造魔法で家造りである。

「まったく、客が来ると忙しくてかなわないよ。応接室を広くしないといけないし、新しい家具や食器も必要だからな」

忙しくしている俺のうしろからガーグルとソルアの会話が聞こえてきた。

「文句を言っているのに、どうしてあんなに頑張っているの？」

「発情期だ。人間の男には一年に三百日くらいあああいう日がある」

また適当なことを……。

「子どもになんてことを言うんだ。ソルア、これはおもてなしの心というやつだ。俺の故郷には最善の状態で客をもてなすという風習があるんだよ」

「ふーん、お母さんと一緒だね。お母さんもお客さんをもてなすためにいろいろと張り切っていたよ」

「だろう？　ガーグルも少しは手伝ったらどうなんだ」

こいつはサボってばかりいる。

「いやあ、ノリノリで働いているご主人さまの邪魔をしたら悪いかなって。せいぜいララベルのために頑張ってくれ」

「なんだか含みのある言い方だな」

「別に深い意味はないさ。それに客を迎えることはいいことだぞ」

「どこがだよ？」

「情操教育に役立つ。それに単調な暮らしは人を堕落させるのだ」

こいつ、また適当な法螺《ほら》を吹いているな。

「ほんとかよ？」

「堕落の権威と呼ばれた俺さまが言うんだから間違いない！」

「まあいい、俺は見てのとおり忙しいから掃除を頼むぞ」

「なんで俺が⁉」

「ガーグルは使い魔だろうがっ！」

「クソッ、客なんて呼ぶんじゃねえよ！」

悔しがる堕落の権威に掃除を任せ、俺は応接室に改造を施していく。

この窓はもう少し大きくてもいいな。自然光を取り入れた方が室内は家庭的な雰囲気になるだろう。

ちょっと早いけどカーテンも夏らしくしてしまうか。ついでだからソファーやテーブルも大きいものを用意しよう。

できあがった家具は力持ちのソルアが運んでくれた。ルナールと話し合いながら位置を決めている。

「この辺でいいかな？」

「ううん、もう少し右」

「ここ？」

「うん、いい感じ」

「よし、ここは二人に任せるから、最後までやり遂げるんだぞ」

「はーい！」

子どもたちにとって部屋の模様替えは遊びの一種のようだ。楽しんでやっているから任せてしまうことにした。

こうして午前中は家の中で働き、午後はガーデニングにも手をつけることにした。エントランスまでの道に美しい石を敷いていくのだ。

地面に手をついて作業しているとルナールがやってきた。

「家具の配置は終わった？」

「うん。だからイチゴを見にきたの」

先日、市で手に入れたイチゴの苗を俺とルナールは菜園に植えた。育成は今のところ順調で緑色の葉が青々と茂っている。ルナールは一緒に植えたイチゴのことを気にかけていて、時間ができるとこのように観察に来るのだ。

「また少しイチゴの背が伸びたな」

「うん、葉っぱも大きくなったみたい……」

相変わらず俺に対して口数は少ないけど、遠慮することも少なくなってきた。少しは慣れてくれたようだ。ルナールの話し方にもそれは表れている。最初はずっと敬語だったもんなあ。

「夏の初めには収穫できるそうだ」

「うん……」

イチゴから目を離すことなくルナールはうなずいた。もう少し心を開いてくれれば、と思わないでもないが、それには時間が必要なのだろう。

今すぐ美味しいイチゴを実らすことができないのと同じで、創造魔法ではどうにもならないことであり、安易に手をつけていい部分でもないと思う。ゆっくりと育んでいくしかない。

ルナールと菜園を眺めているとドスドス足を踏み鳴らしながらガーグルがソルアを連れてやってきた。

「トウヤ、腹が減った。おやつにしようぜ！」

「時間まで待ちなさい」

「ちぇっ」

ガーグルはつまらなそうに菜園を見回した。ここにはイチゴの他にも夏野菜の苗を植えてある。ズッキーニやキュウリ、トマト、ナスなどだ。早いものだと、すでに小さな実がついていた。

「食うにはまだまだちっさいか。おい、トウヤの創造魔法でなんとかならねえのか？」

「野菜というのはゆっくりとだなあ……」

「ああ、御託は聞きたくねえ。できねえならしょうがねえや」

こいつというやつは……。

「だがよ、山の中は虫が多いんだぜ。こんなことで大丈夫なのか？　全部食いつくされちまうぞ」

「そう思うならガーグルが虫を駆除してくれよ」

「勘弁してくれ。使い魔は奴隷じゃないんだぞ！」

「はっはっはっ、冗談だよ。ちゃんと考えてあるさ」

俺はヒュッと口笛を吹いて新しいゴーレムを呼んだ。やってきたのはシバ犬のような形状をしたゴーレムである。巻いた尻尾が非常にプリティーだ。

「なんだ、この犬っころは？」

「こいつは除虫ロボのケンタ君だ。ケンタ君、君の力を見せつけてやれ」

「ピピッ！」

ケンタ君は菜園の畝に沿って歩き出した。その目の前を一匹のハエが横切る。ケンタ君のセンサーがハエを感知し、口から低出力のレーザー光線が飛び出した。

ジュッ！

ハエは一瞬で灰になって地面に落ちてしまった。

「おお、すごいな！」

「ケンタ君が二十四時間体制で野菜を守ってくれるのだ。虫だけでなくネズミなどの害獣も近づけないぞ」

「うむ、お前もなかなかやるじゃないか」

ガーグルがケンタ君の頭を撫でようとしたそのとき、ケンタ君のセンサーが反応した。

「ビビッ！」

ジュッ！

「熱っつっ！」

腹にレーザーをくらったガーグルが身悶えている。

「すまん、虫と間違えたようだ。もう少し認識精度を上げないといけないな」

「俺さまを虫と一緒にするとは、なんというポンコツだっ！」

「ビビッ！」

ジュッ！

「熱っつ！」

再びガーグルはケンタ君の攻撃を喰らった。

「さてと、俺はララベルに出す食事のメニューを考えないと。あ、書斎も改造しておくかな？

ララベルは本好きだから書架を見たがるかもしれないぞ。じゃあ、また後でな」

立ち去ろうとする俺の後ろで双子の会話が聞こえてきた。

「なんか、浮かれているよね？」

「うん……」

ソルア、ルナール、俺は別に浮かれてなんていないぞ。さっきも言ったが、これはおもてなしの心というやつなのだ。

言いたいことはあったけど、念を押すのも恥ずかしかったので俺はなにも言わずに立ち去った。


ララベルを招待する日になった。空は気持ちよく晴れ、風はさわやかだったけど、俺は朝から落ち着かないでいる。

ここに客を招くのは初めてだから仕方がない。それに、客を招くなんて学生のとき以来だ。

ジュンちゃんはとっくに迎えに出したけど、到着はまだであった。

「ずいぶんと遅いな。途中でなにかあったかな？」

「心配しなくてもいいよ。ジュンちゃんはソルアと同じくらい強いんだから！」

「そうだな……」

ジュンちゃんの戦闘力は申し分ない。バージョンアップを重ねて攻撃力も少し上がっている。

それに、あの馬車は防御力も半端じゃない。窓は超強化ガラスだし、車体も武器を貫通させない特殊素材でできているのだ。

しかも対魔法攻撃シールドも装備している。山賊の一団どころか、騎士の一個小隊に襲われても切り抜けられる性能を持っているのだ。

だが、万が一ということも考えられるぞ……。

「ガーグル、ちょっと上まで飛んで様子を見てくれないか？」

「少し落ち着けって。ここにはもう魔物なんていないだろう？」

そう、バガッド山の魔物はほとんど駆逐してしまったのだ。いるのは普通の動物くらいである。

それでも心配する俺の裾をルナールが引っ張った。

「大丈夫だよ。ララベルお姉ちゃんはちゃんと来るから」

ルナールはまっすぐ俺の目を見て話す。この子には予知能力がある。ルナールがそう言うのなら心配はないだろう。

やがてルナールの言葉を裏づけるようにジュンちゃんの蹄《ひづめ》の音が聞こえてきた。

「ようやく到着か。よし、行こう」

俺たちは門のところでララベルを出迎えた。

ララベルは馬車を降りて周囲を見回しながら驚いている。

「こんなところに城があったなんて初めて知ったわ！　どうなっているの、これ？」

「あ～、ちょっとした魔法みたいなものだ……」

こんな山奥に三色の石を組み合わせたおしゃれな城が建っていれば驚きもするか。まだ真実を打ち明ける気にはなっていなかったので俺は適当にお茶を濁した。

「うちではララベルが初めての客だ。遠慮せずに上がってくれ」

門から続く庭園を通って家へ向かう。庭は開発途中で花などはまだない。その代わり、今日はＢＢＱができるようにコンロを用意しておいた。

「お昼ご飯は庭でお料理をするんだよ。ソルアが大きなマスを釣ってあげるね！　お姉ちゃんも一緒に釣りをしよう！」

「私が摘んできたハーブもあるの」

ソルアとルナールははしゃぎながら一生懸命ララベルをもてなしている。

「おねえちゃん、こっちに来て」

「私たちの部屋に案内するね」

家のあちこちを案内されているうちにララベルの肩の力が抜けていった。とりあえず、双子が満足な暮らしをしているのを確認して安心したのだろう。

それでもソルアとルナールはぐいぐいとララベルを引っ張っていく。

「さあ、川で釣りをしましょう。ソルアが釣り方を教えてあげる。お昼ご飯のマスを釣らなきゃ！」

「それは責任重大ね」

ＢＢＱ用に肉だって大量に買ってあるから、釣れなくても問題はない。牛も羊も食べ放題だ。だが、張り切っているソルアにそれを言う必要もないだろう。

それにルナールもついている。予知能力のせいかルナールの方が釣りは上手なのだ。静かに獲物を狙えるというのも関係があるのかもしれない。

しかも、いざとなればソルアにはつかみ取りという奥の手がある。竜人は水の中でも俊敏に動けるそうだから、その血を受け継いでいるのだろう。冷たい川の水もソルアはへっちゃらだった。

「じゃあ、魚は君たちに任せるからな。俺とガーグルは他の準備をしておくよ」

子どもたちはララベルを引っ張って川の方へ行ってしまった。

「俺たちはＢＢＱの準備をするぞ」

「ククク……、串刺し公と呼ばれた俺さまに任せておくがよい」

「ハイハイ、やるのは肉と野菜の串打ちだけどな」

食材の加工や飲み物の準備、火おこしなどをしているとあっという間にお昼になった。

「見て、見て、トウヤ！　こんなに釣れたよ！」

「私も釣ったんだ」

ソルアとルナールが台所へ駈け込んできた。ララベルも続いて入ってきた。

「おお、大漁じゃないか。さっそく下処理をしてしまおう。みんなは食材を庭に運んでくれ」

ＢＢＱは盛り上がった。香味野菜をたっぷり使った特製ソースは好評で、肉も魚も野菜もみるみるうちになくなっていく。

「ララベル、もう一つ肉をどうだい？」

「ありがとう、でももうおなかがいっぱいではちきれそう。こんな風に目の前で焼きながらお料理を食べるなんて初めてだけど、とても美味しかったわ」

「ソルアはもう一つ食べようかな」

「大丈夫か？　この後に特製デザートがあるんだぞ」

「デザート？」

「甘くて、冷たくて、美味しいものだ」

「ソルア、デザートが食べたい！」

「それじゃあ少し待っていてくれ」

俺は山盛りのアイスクリームを持ってきた。誰も気づかないかもしれないけどバガッド山を模した形に盛りつけてあるのだ。

「これはなに？」

ルナールはこわごわとスプーンでアイスクリームをつついている。

「アイスクリームという食べ物さ。冷たいからゆっくり食べてごらん」

アイスクリームはみんなに好評だった。

「美味しい！　ソルア、毎日アイスクリームを食べたい！」

「私も……」

使われている材料は卵、牛乳、砂糖、生クリーム、とシンプルだけど、双子はいたくアイスクリームが気に入ったようだ。

ララベルも嬉しそうにスプーンを口に運んでいる。

「アイスクリームを食べるなんて久しぶりよ」

「そうなのか？」

「だって高級品ですもの」

そういえば砂糖の流通量は少なかったな。それに生クリームもそれなりの値段がするのだ。

「トウヤは氷冷魔法が使えるの？」

ララベルがアイスクリームを堪能しながら質問してくる。

「いや、氷冷魔法は使えないな」

「じゃあ、ガーグルがこれを冷やしたの？」

「いや、ガーグルに魔力はほとんどない」

「そうよね。魔法を使えるクランプなんて聞いたことがないわ」

「あんまり侮辱するな」

ガーグルが目を吊り上げたが俺はそれを無視した。

「これはアイスクリームを作るための魔道具を使って作ったのさ」

「専用の魔道具があるの？　いろんな魔道具があるのねえ……」

ララベルは少し呆れたように驚いていたけど、もちろんこのアイスクリームメイカーは市販の魔道具ではなく俺の創造魔法によるものだ。

美味しさのためなら妥協はしないぞ。最大作成量は六リットル、保冷機能も付いたアイスクリームメイカーで連続動作も可能になっていて、大きなレストランが業務用に採用できるほどの機能だった。

食事が終わると、みんなでバガッド山へピクニックに出かけた。きれいな花や薬草を摘んだりして過ごす。

戻ってきてお茶にしたけど、双子は張り切りすぎて体力を使い果たしてしまったようだ。ソファーに座ってコックリコックリと舟を漕いでいる。

　俺がソルアをラランベルがルナールをベッドに運んで寝かしつけた。

「手をかけてしまってすまない」

「いいのよ、私も楽しかったわ」

「お茶をいれなおすよ」

　俺とララベルは二人だけで応接室に移動した。昼寝のためにガーグルはとっくに自分の地下室へ戻っていたのだ。

「紅茶なんていれ慣れてなくてな。美味しくなかったら、ごめん」

　断りを入れつつティーカップにお茶を満たしていく。応接室には午後の落ち着いた日差しが差し込み、紅茶のいい香りが漂った。

「あの子たちが幸せそうで安心したわ」

「これで俺が誘拐犯じゃないとわかってくれたかな?」

　俺は冗談めかして言ったのだが、ララベルは恐縮してしまった。

「そんなことは……。いえ、正直に言うと疑っていたわ。ごめんなさい」

　生真面目な性格のようだ。

「いや、状況だけ見れば疑われても仕方がないさ」

「でも、どうしてあの子たちを引き取ることになったの」

「まったくの偶然なんだ」

俺は双子と出会ったときの状況をララベルに説明した。それから、俺が異世界から召喚されたことについてもしゃべってしまった。

女性と二人きりになるなんて久しぶりだったからなにを話していいかわからず、ついつい余計なことまでしゃべってしまったのだ。

ただ、全部話してしまったことで気持ちがすっきりしたのも事実だった。ララベルは善人だ。こういう人に隠し事をしているのは気分のいいものではない。

「というわけで、来年の春まであの子たちを保護することにしたんだ」

「カーナル中央学院ね。私もそこの卒業生よ」

「そうなのか！　だったらちょうどいい。いろいろと教えてくれよ」

学校生活で必要なもの、学院のカリキュラム、就職先などを詳しく教えてもらった。

「子どもたちの母親からの手紙では入学手続きは済んでいるし、書類に不備もなさそうだけど、学院に確認を取りたいんだ。全寮制の学校みたいだけど、そこらへんのシステムもよくわからないんだよ」

「それなら事務局に手紙を書いて送ればいいわ」

手紙を届けることは比較的簡単で、配達人に金を払って託せばいいそうだ。料金は五万エクスほどとのことである。高いが出せない額じゃない。

ララベルはじっと俺のことを見つめた。

「な、なんだよ？」

「異世界人といっても私たちとあまり変わりはないのね」

「外見はな」

「知っているわ。あなたたちは桁違いの能力を持っているそうね」

「まあね。俺とは他に六人の同国人が召喚されたけど、みんなすごい能力の持ち主だったよ」

「トウヤもそうなのね」

「俺が授かったのは創造魔法というものだ。さまざまな物質やアイテムを作り出せる能力だ」

話しながら俺はティースプーンをララベルの目の前で作り出し、紅茶をかきまぜた。

「魔力を物質化できるなんて……」

「びっくりだろう？　はじめは俺も驚いたよ」

ララベルは震える指でティースプーンをつまみ上げ、しげしげと眺めている。

「異世界人は宮廷で厚遇されると聞いたわ。中には爵位を与えられる人もいるそうよ。トウヤはどうしてこんなところにいるの？」

「たいした理由じゃないんだ。俺は集団生活に馴染めないタイプでね」

「そうは見えないけど……」

「実は過去にいろいろあったのさ。だからこの世界ではのびのびと羽を広げて生きようと考えたんだよ。もっとも、あの子たちのおかげで当初の計画はだいぶくるってしまったけどね」

これについてはもう笑うしかないな。

「ずいぶんと戸惑っているようね。子どもは嫌い？」

「嫌いではないな。特にあの子たちはいい子だ。ただ……」

言い淀む俺を、ララベルは急かすことなく待っている。ティーカップを口に運ぶと紅茶はかなり冷めていた。

「正直に言って困っているよ。創造魔法がどれだけすごくても、あの子たちの心の傷までは癒せない」

いまだに二人は夜泣きをしている。姉妹でしっかりと抱き合って、夢を見ながら涙を流しているのだ。そんな二人を見ていても俺にはどうすることもできず、忸怩《じくじ》たる思いだけが募っていく。

ララベルは立ち上がって俺のティーカップを手に取った。そして手にしたティースプーンでゆっくりと中身をかきまぜる。

「どうぞ、温めておいたわ」

口をつけると冷めきっていたミルクティーが温かくなっていた。

「これは……」

「火炎魔法の応用よ。トウヤの心は無理でも、紅茶くらいは温められるの」

ララベルはそう言ったけど、彼女の気づかいには俺だって温もりを感じた。

「集団生活が苦手だなんて言っているけど、あなたは他人を思いやることができる人だわ」

ララベルの笑顔に救われた気がする。人に胸の内を話してスッキリしたのかもしれないな。

「ところで……」

「どうした？」

「ふと思ったのだけど、アイスクリームを作る魔道具ってトウヤが作ったの？」

「ああ、俺が創造魔法で作った。だが、アイスクリームメイカー自体は俺が考え出したわけじゃない。俺の故郷にはその手の道具がたくさんあったんだ」

文明の利器を上げれば枚挙にいとまがない。

「へえ、おもしろそうね。他にはどんな道具があるの？」

「料理に関して言えばハンドミキサーやレンジとかがあるな。他にもスライサーとか水切り機、食器洗浄機や冷蔵庫なんかもあるぞ」

「聞いたことのないものばかりね」

「食器洗浄機や冷蔵庫ならうちにもあるよ。見るか？」

「ぜひ！」

ララベルは好奇心旺盛で、メモを取りながら我が家の魔道具を見て回っていた。

季節は初夏になり、少し汗ばむ陽気が続いている。その朝、ルナールと俺はイチゴを収穫した。時間をかけて大きく育ったイチゴは赤く丸々として大きい。

「あんなに小さかったイチゴがこんなに大きくなるんだね……」

ルナールは感慨深げに摘み取ったイチゴを眺めている。

「ルナールが一生懸命世話をしたからこそ、こんなに美味しそうに育ったんだ。よく頑張ったな」

ルナールは一日も欠かさずにイチゴの世話をしたのだ。雨の日も風の日も朝になればイチゴの様子を見て、夕暮れにはイチゴの姿を確認してから家に入ったものだ。

イチゴの育成を通して俺とルナールの距離もかなり縮まった。大袈裟かもしれないけど、目の前の赤い実は、二人が共有した時間が結実したものだと思う。ギュッと中身が詰まっているのだ。

「さあ、このイチゴをララベルとガーグルにもふるまってやろう。きっと喜ぶぞ」

「うん！　朝ご飯の準備だね」

朝食にふるまわれたイチゴはソルアとガーグルに大好評だった。

「美味い！　トウヤ、もう一個くれ」

「私ももっと食べたいなあ。こんなに美味しいイチゴは食べたことがないもの」

目を輝かせるソルアに、ルナールが自分のイチゴを分けている。

「私のを一つあげるね」

「仕方がない、ガーグルには俺のをやるよ」

丹精込めて育てたイチゴを褒められて俺たちは嬉しかったのだ。

「トウヤ、またイチゴを作ろうね」

「おう！　今度はもっと甘くて、もっと大きなイチゴを作ろう」

そうやって、さらにたくさんの時間と経験を共有して、俺たちの関係はもっと深まっていくのだろう。創造魔法で作ったどんなものより、二人で作ったイチゴこそが誇らしい朝だった。


本日は双子とガーグルを連れてノンドラックの街までやってきている。ララベルに教えてもらった配達ギルドに手紙を託すためだ。

配達ギルドは明治・大正時代のレトロな郵便局を思わせるような建物だった。俺はさっそく受付のお姉さんに手紙の配達を申し込んだ。

「宛先は都のカーナル中央学院事務局ですね。ノンドラックから都までですと十万エクスの料金が発生しますが、よろしいですか？」

「十万⁉　五万エクスほどと聞いたのですが……」

「ここのところ街道の魔物が増えて値上がりしたんですよ。配達人にも負傷者や死者が続出しまして、特別料金を払わないと運んでもらえない状態になっています」

この世界の郵便配達は命懸けなので値段が高いのは仕方がないけど、十万エクスは今の財政状態では少々厳しい。

「前金で五万エクス、返事を渡すときにも五万エクスかかります。急ぎの用事でなければもう少し待たれるのも手ですよ」

今は最高値を更新しているようだ。来年の春まではまだ時間があるから、もう少し待ってみるか……。

「わかりました、出直してきます」

俺は配達を頼まずにギルドを後にした。

馬車に乗り込むとガーグルが俺を見て笑った。

「どうした、辛気臭い顔をしているじゃねえか」

「いよいよ金が少なくなってきたからな」

財布の中に残っているのは十一万エクスほどだ。今日明日に飢えるというほどではないが、このままではいろいろと不自由なことが起こるかもしれない。

「こうなったら、古の財宝でも掘り起こすか」

「ほう、場所を知っているのか⁉」

「俺を見くびるな。こう見えて三百年も生きているんだぞ」

クランプは魔物の中でも長命な方である。大昔の財宝のありかを知っていても不思議はないか。それに、そういう話は嫌いじゃない。困難はあるかもしれないけど創造魔法で解決してやるぜ！

「それで、財宝はどこに？」

「えーとな……、すまん、忘れた」

そんなことだと思ったよ。ガーグルは言い訳がましく話を続ける。

「じゃあさ、イカサマ賭博でもしたらどうだ？　トウヤなら絶対に負けないサイコロやカードを作れるんじゃないか？」

「そんな汚い金で子どもは育てられないよ」

「金は金だろう？　あんたら人間は聖剣だ、妖刀だ、と道具を規定するが、モノはモノだ。聖剣で天使を斬ったらどうなる？　それはすぐに妖刀になるのか？　へっ、馬鹿らしい！」

「自分の作った道具に正邪の判別はつけないが、作り手としての責任はあると思う。だいたいイカサマなんてしなくても真っ当に稼げるさ」

問題はなにを売ればいいかである。ガーグルに相談してもいいことはなさそうだ。俺はまっとうな助言を得るべく、ララベルの本屋を訪ねることにした。

「あら、いらっしゃい。先日はごちそうさま」

「やあ、今日は相談があって来たんだ」

幸い店は空いていたので俺はララベルに悩み事を打ち明けた。

「なるほど、魔道具を作って売りたいのね。でも、気をつけて。オーバーテクノロジーは混乱を招くから」

「やっぱりそうだよな」

ジュンちゃんのようなゴーレムや、魔導モーターを組み込んだ自走式の馬車を売るのはよくないだろう。

下手をすれば王国に目をつけられ、約束を反故にされて連れ戻されてしまうかもしれない。そこまでいかなくても、注文が殺到するのも面倒だ。あれは手がかかりすぎるのだ。さらに軍事利用なんてされたら、良心の呵責に耐えられないだろう。できることなら、もっと手軽に作れるものを販売して儲けたい。

「問題はそれだけじゃないんだ。アイテムを販売するとなれば店舗が必要だろう？　でも、俺は自分で売りたくないから、商人に卸したいと考えている。ただ、そういった知り合いはいないんだよ」

商売なんて始めたら忙殺されてしまうかもしれないだろう？　せっかくスローライフを始めたのだから、そんなことで自分の時間を犠牲にするのは嫌だった。

「そうねえ、小さなものなら店頭に置いてあげてもいいけど、どうかしら？」

「ララベルの店で売ってくれるのか？　そいつはありがたい。もちろんバックマージンは払うからよろしく頼むよ」

販路の開拓なんて面倒だから、これは渡りに船だ。だけど、小さなものか……。本当になにを売ればいいんだろう？

「二、三日考えてサンプルを作ってから出直すよ」

その場ではいい考えも思いつかなかったので、俺は本屋を後にした。


バガッド山の家に帰ると俺たちは緊急会議を開いた。こうなったらみんなで真剣に意見を出し合うしかない。

まずはガーグルがアイデアを披露した。

「俺はミニチュアの骨格模型がいいと思うな！　それと拷問道具のミニチュア」

「そんなのを買いたがるのは、よほどそういうのが好きな人か魔物だけだよ」

需要は少なそうだし、魔物が金を持っているとも思えない。そもそもコミュニケーションが取れる魔物はごく稀だ。

次にソルアが発言する。

「ぜったいにお人形よ。私みたいな女の子が買ってくれると思うの」

悪くはないが、そこまで需要があるかな？　しかも、人形などの玩具を売る店は他にもあるのだ。ライバル店が多ければ一軒当たりの売り上げは小さくなってしまう。

「ルナールはどう？」

「私はクッキーがいいと思う。トウヤの作るクッキーは美味しいから」

美味しいと褒められると嬉しくなるな。ルナールにはまたクッキーを焼いてあげるとしよう。

創造魔法で型抜きを作って猫や犬の形をしたクッキーなんていうのもよさそうだ。ルナールはかわいいものが好きだからきっと喜んでくれるはずだ。

だけど、クッキーを販売するというのはどうだろうか？　これまで出たアイデアの中ではいちばん簡単そうだけど、それでは稼げる額が低い気がする。

クッキーだけで四人の食い扶持を賄うのは並大抵のことじゃない。かなりの量を売らないと生活は立ち行かないだろう。

しかも俺たちが売るのはララベルの店先だから、大量のクッキーを並べるわけにもいかない。

なかなかよいアイデアが出ないでいると、ガーグルがうんざりしたように吐き捨てた。

「いっそ聖剣でも作って国に売りつけろよ。トウヤなら作れるだろう？」

作れることは作れる。時間と素材があればかなりの威力を秘めたものが作製できるだろう。

インテリジェンスソードだって可能かもしれない。その場合は数年の歳月が必要だろうが……。

「武器は作りたくない。なにかあったときに責任を感じるのは嫌なんだ。どんな武器であっても悪用される可能性はゼロじゃない。聖剣も妖刀もないと言ったのはガーグルだろう？」

「ケッ、トウヤは考えすぎなんだよ」

　ここでソルアが声を上げた。

「やっぱりお人形よ！　お人形なら悪さはしないもん」

　人形作りか……。武器を作るよりはいいかもしれないけど、普通の人形を作ってもおもしろくないなあ。

　……待てよ。普通の人形じゃなかったらどうなる？

「案外いいかもしれないな。ただの人形だったら儲けは薄いかもしれない。だけど、もしそれが魔力で動くとしたらどうだろう？」

「動くの？」

「ジュンちゃんを小さくして、自律回路を取っぱらったものだと思えばいい」

「自律回路？」

「自分で考えて行動しないんだ。遊ぶ人が魔力を使って動かす人形だよ」

　言ってみればラジコンに近い感覚だな。

「私でも動かせる？」

「小さな魔力で動くからソルアやルナール、ほとんど魔力を保有していないガーグルでも動かせるぞ」

「おもしろそう！」

「売れそうな予感がする……」

「俺さまにも動かせるってところが気に入ったぜ！」

「よし、力を合わせて小型ゴーレム人形を作るぞ」

ソルアとルナールには人形が着る服のアイデアを出してもらった。ガーグルは魔物シリーズのデザインを担当してくれる。

どんな存在にも長所というものはあるようで、普段は役に立たないガーグルもスケッチは上手だった。

魔物の人形は不気味なんだけど、日本ではソフトビニールでできた怪獣が売られていたくらいだ。あれと同じように人気が出るかもしれない。

みんながアイデアを出してくれている間に俺は基本設計とサンプルの作製を開始する。こうして俺たちは一致団結して新商品の開発をするのだった。


ノンドラックの街ではセミが大合唱をしていた。季節はすっかり夏だ。紫外線が容赦なく照りつける中、俺と双子とガーグルは木箱を抱えてララベルの店の前に降り立った。

箱の中に入っているのは大量の人形である。ドレスを着た女の子、甲冑を纏った騎士、ドラゴンや大蜘蛛といった魔物など、多彩なバリエーションがそろっていた。

「やあ、ララベル」

「あら、トウヤじゃない。ひょっとして、店で売る商品を持ってきたの？」

「ああ、これを見てくれ」

俺たちは箱のふたを取って、ララベルに人形を見てもらった。

「人形を売るの？　造りは精巧だけど、こんなにたくさん売れるかしら？」

ララベルは心配そうに人形を見つめている。

「ただの人形じゃない、動くんだ」

「動く？」

「みんな見せてやれ」

俺の合図でそれぞれがお気に入りの人形を手に取り、自分の額にくっつけた。これで操縦者と人形の間に魔法リンクが発生するのだ。

人形を動かすにはわずかな魔力があればいい。すぐにソルアとルナールが操る女の子たちはワルツを踊り、ガーグルが操る大蜘蛛はララベルを威嚇した。

「す、すごい……」

「ララベルだってできるぞ」

ララベルにゴーレムの動かし方を説明する。

「私もやってみていいの？」

「もともと一つはプレゼントする予定だったんだ。好きな人形を選んでくれ」

ララベルは女海賊の人形を選び、魔力を送った。すぐに剽悍《ひょうかん》な女海賊がカトラスを振り回しはじめる。

「なにこれ、おもしろい！　ねえ、これはいくらなの？」

「女海賊は三千エクスだけど、値段は人形ごとに違うんだ。それぞれに値札がついているから間違えることはないと思う」

「人形はこれで全部？」

「人形はそうだが……」

「他にまだあるの？」

「実は……」

馬車からソルアがジオラマやドールハウスを運んできてくれた。ダンジョンを模したジオラマ、お屋敷のドールハウスなど八点だ。

どれも完璧な出来栄えで本物と見紛うほどの品質である。もちろん光る、動くなどのギミックも充実しているのだ。

「え、このシャンデリアには小型の魔導ランプを取りつけてあるの？」

「それくらい当然さ。ダンジョンのトラップも秀逸だぞ。ぜひ試してくれ」

「う、うん……」

ララベルは騎士の人形を操ってダンジョンの通路を歩かせ始めた。ところが数歩も行かないうちに落とし穴に引っかかってしまう。

「ヒャッハーッ！　愚かな騎士が穴に落ちた！」

考案者のガーグルはそれを見て大はしゃぎだ。

「なかなかよくできているだろう？　だけど、トラップはそれだけじゃないぜ」

「この壁の穴が怪しいわね……」

ララベルはダンジョンのジオラマに慣れてきたのか慎重に人形を進ませた。そして落ちていた石を騎士人形に放り投げさせる。

ジャキンッ！

石に反応して壁から槍が飛び出てきたけど、今度はうまく回避できたな。

「騎士の人形と魔物の人形を戦わせて遊ぶこともできるし、隠し扉を見つければ財宝を手に入れることもできるのさ」

「こんなのものまで作っているなんて……」

「やりだしたらおもしろくなって、つい凝りすぎた」

「でも、すごく楽しいんだよ！」

双子たちはお屋敷のドールハウスを開きながら説明する。建物は中央部分で開閉でき、開くと中の構造がよく見えるのだ。

「ほら、大広間では舞踏会もできるんだから！」

ルナールがボタンを操作するとシャンデリアに明かりが灯り、オーケストラによるワルツが流れ出す。

「音楽まで！」

「ああ、つい凝りすぎた……」

おかげで昨晩はお人形ごっこに四時間も付き合わされてしまったのだ。しかもガーグルが書いた脚本付きの遊びである。

きらびやかな舞踏会が悪のドラゴンに襲われるという設定で、主役は双子が操るお嬢様、邪竜はもちろんガーグルだ。俺は双子の父親という配役だった。

父親役の俺はドラゴンとの戦闘で負傷し、双子の姉妹が敵討ちをするというストーリーである。

ドラゴンを倒すために伝説の武器まで作らされてしまったよ。

「このミニチュアの聖剣と聖槍は青く光らせることができるんだよ」

双子はぶんぶんと武器を振り回し、ガーグルは邪竜を操りながら胸を張る。

「この邪竜は目と背びれが光って、鳴くこともできるぜ！　もちろん俺さまがデザインしたのさ」

「す、すごいのね……。お嬢様の衣装は姫騎士バージョンまであるんだ……」

「子どもたちがせがむから、つい、な。ちょっと凝りすぎた……」

ララベルは呆れていたけど感心もしていた。

「これなら売れるかもしれないわね。わかった、棚の一画を人形コーナーにしましょう」

「いいのか？」

「乗りかけた船よ。本を動かすから手伝って」

「よしみんな、ララベルを手伝うんだ」

こうしてノンドラック書店の一角に、小型ゴーレム人形の特設販売コーナーが設置された。


夏も盛りとなり暑い日々が続いていた。果物などが店先に並ぶようになり、今朝は今年最初の桃が朝食のテーブルにのぼっている。

日本で食べた桃ほど甘くはなかったけど、みずみずしい果汁とさわやかな香りが素晴らしかった。

「庭に桃の木を植えるのもいいな。品種改良や土壌改良で美味しい桃を作ってみようか」

菜園や果樹園の作成は順調に進んで、夏野菜がたくさん収穫できている。パプリカなんて肉厚ですごく美味しいぞ。ズッキーニは放っておくとどこまでもでかくなる。

今後はもっと美味しい野菜や果物を収穫するための研究をしてみるつもりだ。

「ねえ、トウヤ。今日は街に行ってみない？」

桃をほおばりながらソルアが誘ってきた。

「どうして？　食料はたっぷりあるから用はないんだけど……」

あいかわらず人ごみは苦手だ。できることなら行きたくない。それに今日はトマトの苗に支柱を取りつけたいのだ。

「でも、ゴーレム人形が売れているか気にならない？」

「ああ、そういえば……」

すっかり忘れていた。ララベルの店に特設コーナーを設置させてもらって、そろそろ三日が経過する。あれから、まったく見に行っていないけど、どうなっただろうか？

「じゃあ、朝ご飯を食べ終わったらノンドラックへ行ってみるか」

財布の金もなくなってきているから売り上げを回収できればちょうどいい。帰りに備蓄用の魔結晶を買っていくとしよう。


ノンドラック書店の前はいつになく人だかりができていた。

「きっとゴーレム人形を買いに来たお客さんだよ！」

はしゃぐソルアだったけど、俺はいまひとつ自信がない。

「本当に？　でも、あんなにたくさん……」

「よく見てよ。お店の中でララベルが忙しそうにしているもん。お客さんはみんなゴーレム人形を持っているよ」

なるほど、老若男女の幅広い購買層がいっせいに買いに来ているようだ。

「トウヤ、早く手伝ったほうがいいよ」

ルナールに言われて気がついた。

「そうだな。これじゃあララベルの本業に支障が出てしまう。ジュンちゃん、馬車は適当な場所に停車しておいて、昼の鐘がなったら迎えに来てくれ」

「………………」

ジュンちゃんは無言でうなずき、ピンクの槍を振りながらその場を後にした。

店に入ると、レジの前に五人ほどの買い物客が並んでいた。手にはそれぞれゴーレム人形を持っている。中にはジオラマを抱えている人もいるぞ。あれは七万エクスもする城塞だ。

売り場にも七〜八人の客がいて、その人たちがどくのを次のお客が待っている状態だった。

「いらっしゃい、トウヤ。見てのとおりすごいことになっているわよ」

「ああ、すぐに手伝うよ。会計をすればいいか？」

「お願い。もうこっちはてんやわんやで」

初日に百体以上の人形を卸したというのに、売り場には二十にも満たない数しか残っていない。

「くくく、俺さまの開発した魔物シリーズはほぼ完売ではないか。あれの価値を理解できるとは、ノンドラックの民も愚かではないようだな」

「私たちのプリンセスシリーズだってほとんど残っていないよ！」

ガーグルとソルアは満足そうにうなずいている。

「トウヤの企画した人形はあまり売れてないね」

子どもというのは時に残酷である。見たままの事実を平気で突きつけてくるのだ。

「うん……、この世界の人たちには理解されにくかったかな……」

「やっぱり気持ちが悪いんだよ」

吸血鬼や人狼って、ここでは人気がないの？　ゴシックホラーの雰囲気をふんだんに取り入れた『トランシルヴァニア・ファミリー』シリーズはほとんど売れていなかった。

頭にボルトの刺さった人造人間なんて、肌の質感にものすごくこだわったんだけどなあ……。

「俺は嫌いじゃないぜ。むしろ芸術品だと思っている。だが、そのリアルさが仇になったかもしれねえなあ……」

めずらしくガーグルが俺を慰めてくれた。

「すみません、プリンセスシリーズのシャルロットはもうないんですか？　また入荷されますか？」

小さな女の子が質問してきた。

「あー、それは……」

「そのうちにまた入荷されるよ！」

　俺が答える前にソルアが答えていた。

「本当に？」

「うん。最初のシャルロットは純白のドレスだったけど、衣装の色とかリクエストはある？」

「私、青いドレスがすてきだなって」

「青もかわいいよね。青のドレスに合わせてリボンはピンクかしら？」

「それ最高！」

　人懐っこいソルアは町の女の子たちに話しかけて、もう友だちになっている。

「みんなにはどんな人形が人気？」

「私の友だちだとやっぱりお嬢様シリーズ。自分がお嬢様になったみたいで楽しいの。弟はダンジョントカゲの人形を買ってもらったわ。なにがいいのか、私にはさっぱりだけど」

　女の子は顔をしかめてみせる。

「あはは、男の子はああいうのが好きだよね」

「ねえ、人形のアクセサリーとか服とかはないの？」

「え、今のところ作ってないけど……」

「着替えができたり、替えのアクセサリーがあったりしたら楽しいと思うんだ。もし発売されるなら、誕生日とか四旬節のプレゼントに絶対買ってもらうんだから！」

「わかった、開発してもらえるように頼んでみる。トウヤ、作ってあげなよ」

「いや、それは……」

生活費が稼げるのはありがたいが、忙しくなるのは嫌だった。だって、自分の時間が削られてしまうから。

「人形師の先生！」

アラサーくらいのお姉さんがいきなり頭を下げてきたぞ。人形師の先生？　俺は創造魔法の遣い手であって、人形師ではないのだが……。

「先生、ぜひアイラちゃんのドレスもお願いします。フリルをマシマシ、頭巾と手袋なども！」

アイラはプリンセスシリーズのベイビープリンセスのことか。

「俺からもお願いします！　騎士シリーズで、カイトシールドではなくスクエアシールドとクレイモアを！」

この二人を皮切りに店のあちらこちらからリクエストが飛び出した。

「わかった、すべてに応えられるかはわからないけど、善処はするよ」

「ありがとう、人形師の先生！」

なんだか知らないけど、俺はこの日からノンドラックの街では人形師の先生と呼ばれるようになってしまった。

なんだかんだで、俺は新しいゴーレム人形や、そのアクセサリーを開発することにした。忙殺されるのは嫌だったが、ぶっちゃけこれらの作製は楽しかったのだ。

双子やガーグルにもアイデアを出してもらい、新たに、軍隊、オーケストラ（本当に楽器を鳴らせる）、屋台、妖精などのシリーズを開発することになった。もちろんリクエストのあったアクセサリーも作るつもりである。

俺も作業に慣れてきたので、アクセサリー類なら数十秒から数分で作れるようになっているのだ。こういったアイテムはいい儲けになった。

それにしても忙しい。本日も商品を卸しにノンドラック書店にやってきたのだけど、昨日納品した分は七割以上売れてしまっていた。

「とにかくすごい人なの。一人三点までっていう制限をかけているけど、商人が人を使って買い占めをしているみたい」

彼らの目的は転売だ。といっても、こちらの転売は日本の転売ほど簡単じゃない。街道には山賊や魔物も出没するので文字通り命懸けになる。

それでも都へ持っていって売ればいい稼ぎになるようで、彼らは大量に買い漁っていくようだ。

まあ、人気のない『トランシルヴァニア・ファミリー』シリーズまで買ってくれたから今回は大目に見てやるとしよう。

「ララベル、本屋の仕事に支障は出ていないか？」

「少しだけね……」

いくらバックマージンを払っているとはいえ、ゴーレム人形のせいで本業の本屋がおろそかになるのは申し訳ない。

だが、ここで俺が会計をするとなると、毎日バガッド山から通ってこなくてはならなくなる。通勤なんて社畜時代に嫌というほど経験したから、二度とやりたくないぞ。満員電車じゃないだけましだけどさ。

「いっそ自販機を作るか……」

「自販機？　なにかしら、それは？」

「自販機っていうのは自動販売機の略だよ。読んでそのまま、自動で商品を売る機械さ」

ララベルに自動販売機の概念について説明した。

「つまり、コインを機械に入れて、欲しい商品の番号を押すだけでいいのね」

「そういうこと。あとは備えつけのアームが商品をつかんで取り出し口まで運んでくれるってわけさ」

これなら、ララベルの負担も軽くなるだろう。待てよ……。

どうせ自動販売機を作るのなら、ついでにカプセルトイも作ってしまおうか？　カプセル限定のゴーレム人形やアクセサリーを作れば、お客さんたちも喜んでくれるかもしれない。

十日後、俺は自動販売機の試作機を持ってノンドラック書店を再訪した。大きくて重い機械なので搬入はジュンちゃんと二人でやった。

新しく開発したパワー・リングのおかげで重いものもらくらく担げるぞ。こちらは俺の腕力を数倍にしてくれるマジックアイテムだ。

起動すれば、ベンチプレスで五百キログラムは持ち上げられるだろう。スローライフでは肉体を使うことが多いので、農業、造園、土木などにも重宝している。

ララベルは設置された自動販売機を不思議そうにつついた。

「これが自販機か……。偽のコインを使われたりしないかな？」

「機械がコインの形状や重さ、それに含まれる金属の含有量を解析する仕組みだ。贋金は受け付けないよ。このコインで試してみてくれ」

銀貨を五枚渡すと、ララベルは投入口にそっと差し込んだ。そういう仕草にララベルの慎重さと丁寧さがうかがえた。

「七番のロングソードにしてみるわ」

きらびやかな装飾のついたミニチュアのロングソードをララベルは選んだ。これらの商品はすべて小さな箱に入っている。

ララベルが番号ボタンを入力してから決定ボタンを押すと、販売機のアームが七番の商品をつかんだ。

自販機の正面は透明なので、こうしたギミックがよく見える。自動販売機を知らない人たちにとって、このような機械の動きはそれだけで娯楽になるようだ。ララベルも穴が開くほど販売機を観察していた。

「すごいわ。こんなものが作れるなんて……」

「まったくだぜ」

誰かが俺の後ろでララベルに同調している。その男の声は記憶にあるものだった。

「よお、三上さん。ノンドラックに到着してすぐに会えるなんて、ついてたぜ」

その声の持ち主は俺と一緒にこの世界へ召喚されてきた、移動魔法の遣い手の門真さんだった。

「門真さんがどうしてノンドラックに？　王宮の仕事ですか？　まさか、俺を探しに？」

「まあな……。大切な話がある。少し場所を変えないか？」

いつもへらへらしている門真さんだったが、これまでになく真剣な表情で俺を見つめている。なにやら重大なことを頼まれそうで俺は身構えてしまった。

俺たちは門真さんが宿泊しているホテルまでやってきた。ノンドラックではいちばんと言われているホテルの、これまたいちばん高い部屋だった。

三部屋で構成されたゲストルームには広い応接室があり、俺はそこへ通された。門真さんは護衛の騎士たちに声をかける。

「ご苦労さん。ちょっと内密の話があるから二人だけにしてくれ」

「はっ。なにかございましたらお呼びつけください」

騎士たちは一礼して通路の方の方へ下がっていった。

俺は内緒でスカウター・グラスを起動させた。

種族：人間
名前：門真英二
年齢：三十二歳
特徴：元バス運転手の異世界人
特技：移動魔法。一日につき五百キロまでの瞬間移動が可能。ただし、本人が目視したことのある場所のみ移動できる。

「まあ、紅茶を飲んでよ。あ、ひょっとして酒とかの方がよかった？」

「いえ、お茶だけでじゅうぶんです。他の人たちは元気にやっていますか？」

それほど興味もなかったのだけど、礼儀として質問しておいた。

「みんな元気だぜ。先日もダンジョンに現れた変異種をやっつけて褒美をもらっていたよ」

「門真さんはどういったことを？」

この人は非戦闘員だ。ダンジョンには潜らない。すでに忘れかけているけど、他にもそういう人はいたと思う。

「俺はメッセンジャーみたいなことをやらされているよ。各地を巡って命令書を届けているんだ。一度行った場所は魔法で行けるけど、初めての場所はそうはいかない。だから連中みたいなのと旅ばっかりしているのさ」

門真さんは扉の向こうにいる騎士たちを指さしてみせた。

「ノンドラックにも仕事ですか？」

門真さんが偶然ここに来たのなら問題ない。だけど、国の依頼なり命令なりを持ってきたのなら、少々警戒しなければならないだろう。

「いや、仕事じゃない。今回は個人的なことで休みをもらってやってきた」

「個人的なことというと、俺に会いに？」

「そうだ。三上さんに頼みがあってやってきたんだ」

装備品でも作ってもらいたいのかな？　門真さんは悪い人じゃなさそうだけど、俺が作るマジックアイテムが悪用されるのは困る。慎重にならなければなるまい。

「それで、依頼というのは？」

「三上さんのゴーレムを譲ってもらいたい」

なるほど、ジュンちゃんのことか。たしかにあれは門真さんの護衛にはぴったりだろう。美少女戦士的な武器にもかかわらず攻撃力はかなり高い。門真さんが連れている十数人の騎士を相手取っても互角以上の戦いをするだろう。

だからこそ慎重になる必要がある。移動魔法に加えて、どんな命令でも実行するゴーレムがあれば犯罪はいくらでも可能だ。

「ゴーレムをどうするつもりですか？」

「もちろんコレクションしたい。まあ、普通に遊ぶけどな」

遊ぶ？

「いや、実物を見せてもらったが素晴らしい出来だったよ」

うむ、さっき書店の前でジュンちゃんを見たもんな……。

「三上さん、俺もあれが欲しくてここまで来たんだ」

熱のこもった歎願《たんがん》だったが俺はすげなく断る。

「ジュンちゃんは売りませんよ」

「ジュンちゃん？　俺が欲しいのは三上さんが作った小型ゴーレムなんだが……」

「え？　ゴーレムって、人形の方？」

「そうそう！　都でも評判なんだぜ。一体二万エクスくらいするんだが、飛ぶように売れているんだぜ」

ほほう、転売だと定価の約十倍か……。

というか、門真さんは小型ゴーレム人形が欲しくてわざわざ王都から護衛付きでやってきたのか？

「ぶっちゃけ、俺はプラモやおもちゃに目がないんだよ。で、これを見てくれ」

「それは……画板ですか？」

美術の授業で使った、画用紙などを挟んでおく板だ。

「見てもらいたいのはこれだよ」

門真さんが取り出したのはロボットなどが描かれたデザイン画だった。

「これ、門真さんが描いたんですか？　けっこううまいですね」

「へへっ、まあ、ちょっとした趣味だ。向こうにいたときはネットにあげてたりもしたんだぜ」

「これは、ドラゴンのロボット？」

「俺が考えたメカドラゴンだ」

画用紙には昭和レトロな感じのメカドラゴンが描かれている。同じメカドラゴンのデザインは何枚かあり、飛行形態、胸部ハッチが開いたものなど、門真さんの入れ込み具合が伝わってくる力作だった。

「三上さん、小型ゴーレム人形でこういうのは作れないかな？　いや、サイズはまかせるけど……」

「そうですねえ……。門真さんのこだわりとかはありますか？」

「できれば両眼のマルチカラー発光、咆哮音、飛行形態への変形、胸部からのクロスビームなんかを光で再現してほしい。謝礼なら言い値で出すよ」

どれも可能なギミックである。なんとなれば、本当に空を飛ばしたり、ビームを発射したりだってできるのだ。時間がかかるからやらないけどね。もちろん門真さんにその事実を告げることはない。

「一週間ほど時間をもらいますよ。俺もこれでいろいろと忙しいんで」

「ありがたい！　よろしく頼むよ、三上さん」

武器の開発とかだったら断るつもりだったけど、小型ゴーレム人形の開発ならいいだろう。

それに、こういった仕事は俺も嫌いじゃない。

目の前の人物を同好の士と認識した俺は口調を変えた。

「場合によっては百万エクスくらいになるけど、いいかな？」

「かまわん、かまわん。どうせ金なんて使いきれないほどあるんだ」

門真さんはメッセンジャーとしてかなり稼いでいるようだな。電話やインターネットがない世界だから移動魔法は重宝されるのだろう。門真さんならここから都までだって一瞬で移動できるのだから。

ん、ここから都まで一瞬で移動……？　これはいい機会かもしれない。

「ところでさ、門真さんの移動魔法は人も運べるよね？」

「四人までなら可能だな」

「だったらさ、謝礼の一部として俺を都に運んでくれないかな？」

値段が高すぎたので手紙の配達は保留のままだ。せっかくだから学院に直接赴いて状況を確認してこよう。

ついでに子どもたちも都見物だ。春から住むのだから慣れておいたほうがいいもんな。

「別にかまわないが、ロボのことを頼むぞ」

「わかっているって。細部まで作り込むからさ」

契約成立ということで俺と門真さんは握手を交わした。と、そこで門真さんは思い出したように付け足す。

「そうそう、第三王子のサリーズ殿下が騎士の人形を欲しがっているんだ。できれば騎士団をそろえたいらしい。それを伝えてほしいと頼まれていたよ」

おやおや、王族の中にも小型ゴーレム人形に興味を示す人がいたんだな。サリーズ殿下はまだ十四歳だったはずだが、支払い能力には問題ないだろう。報酬によっては請け負わないでもないな。

「門真さん、本当はサリーズ殿下の伝言がメインの仕事だったんじゃないの？」

「いや、今回は俺の物欲がメインだ。王子からの依頼はついでだよ」

あいかわらず、門真さんはちゃらんぽらんなところがあるなあ。まあ、俺としては金になるからいいか。いいものを作る代わりにしっかりと代金を取ってやろう、そう誓った。


一週間後、俺は子どもたちとガーグルを連れてノンドラックのホテルまでやってきた。子どもたちは俺が作った『よそ行き』の服を着ている。これから都を見物するので特別にあつらえた新品だ。

襟元と袖にかわいいフリルのついたワンピースで、白地に花柄をあしらった模様だ。これに茶色のローファーを合わせた。

二人とも大変お気に召して、喜んで着ている。特にソルアはくるくると回って、スカートが広がる感触を何度も楽しんでいた。

「そんなに回転していたら目が回ってしまうぞ」

「平気だよ、これくらい」

ソルアの運動神経は人並み外れていいからなあ。

「もうすぐ門真さんがやってくるから、そろそろおとなしくしていてくれ。それと、都についたら絶対に俺のそばを離れないように」

心配だったので子どもたちの靴には発信機が仕込んである。これがGPSのように働いてくれるから、はぐれても問題はないのだが、いちおう釘は刺しておいた。

「ふぁぁああ……」

「あ、またトウヤがあくびした！」

徹夜で発信機を作ったから眠くてかなわないのだ。おとなしいルナールはさほど心配していないが、ソルアは活発すぎる。

「俺はいろいろと忙しいんだよ。お、地面に魔法陣が現れたぞ。門真さんが来る」

ホテルの端で輝きだした魔法陣から距離を置くと、すぐに門真さんが移動してきた。

「よお、三上さん。お、お嬢ちゃんたちが三上さんの子どもか」

「俺の子じゃなくて、俺が保護した子どもたちだよ」

「たいした違いじゃないだろう？　まあ、いいや。で、頼んでおいたものはできているかい？　もう待ちきれなくてさ」

門真さんは子どものように手をウズウズさせている。

「できているよ。言っておくが自信作だ」

「おお！　さっそく見せてくれよ」

「ここで広げるの？　たぶん、門真さんの部屋で広げたほうが安全だよ」

「それもそうか……。よし、さっそく転移しちまおう！」

門真さんが指をさすと、床に魔法陣が現れた。

「よし、その上に立ってくれ」

俺たちは一塊になって魔法陣の上に立つ。

「それじゃあ、いくぜ。出発進行！」

移動魔法は素晴らしかった。浮遊感を少し覚えただけで、不快な感じはまるでない。あっという間に王宮の中の門真さんの部屋に到着した。

ソルアもルナールも初めて見る王宮を物珍しそうに観察している。ガーグルは高級なソファーに偉そうにふんぞり返ると、国王のような態度を取った。

「子どもたちよ、苦しゅうない。楽にいたせ」

まったく、態度だけは一人前である。

「ここが王様の宮殿なんだ。うわあ、おっきいベッド！」

「ソルア、飛び乗ったらだめだからな」

「はーい」

ソルアは素直に返事をしたけど、天蓋付きのベッドが珍しくて仕方がないようだ。

「別に飛び乗ってくれてもいいんだぜ。そんなことより、さっそくブツを見せてくれよ」

門真さんは待ちきれない様子でテーブルの上をさし示す。

「まあまあ、慌てなさんなって」

俺は持参した木箱を慎重に置いた。

「こっちが門真さんのメカドラゴン、こっちがサリーズ殿下の騎士団だよ」

まずは自分の箱を開けた門真さんが大きなため息を漏らした。

「すげえ……、すげえぜ、三上さん！　造形もたいしたもんだが、こいつを自分で動かせるってのが、またなんとも……」

「涙ぐまなくてもいいだろう？　それより動かし方を説明するよ」

「そうだな。さっそく頼む」

袖で涙を拭いた門真さんにレクチャーを開始した。

「まずは人形の一部を自分の額にくっつけるんだ。それで小型ゴーレム人形と自分の間に魔法リンクが構築されるよ」

「こうか……？　おおっ！」

「あとは直感的に動かせるはずだ」

「う……うん、なるほど！」

メカドラゴンはズシンズシンと歩き出し、頭を上げて咆哮を放った。一連の動きを確かめて門真さんは感動している。

「こいつはいい買い物をしたぜ。おっと、金を払うのを忘れちゃいけねえな。三上さん、こいつはいくらだい？」

「材料や開発費がかかっているからちょっと高くなるけど、三十七万エクスでいいかな……?」

同じ日本からやってきた人に対して、ちょっと吹っかけすぎている気もしたけど、他の人形との兼ね合いから言ってこれくらいになってしまったのだ。

高すぎると言われそうで心配したのだけど、門真さんは逆の意味で驚いていた。

「そんなに安くていいのかよ！　だったら他にも注文すればよかったな」

「いや、それは勘弁してよ。門真さんだったから特別な依頼を受けたけど、個別の受注は受けないことにしているんだ」

「そうだったな。わかった、とりあえず金を払うよ」

門真さんはすぐに代金を払ってくれた。

「ありがとう。ついでに中央学院に送ってもらえると助かるんだけど」

「それは構わないが、サリーズ殿下に会っていかないか？　これほどの品だ。きっとお褒めの言葉をいただけるぞ」

「そういうのはいらないかな。王宮には顔を出しづらいから、門真さんの方でいいようにしておいて」

俺は品物と請求書だけを渡して、中央学院の前まで送ってもらって、門真さんとは別れた。

今夜は都のホテルに一泊して、明日になったらまたノンドラックまで送ってもらう予定だ。

「すごい、高い建物がいっぱいだ！」

「私たち、春からこんなところに住むんだ……」

ソルアは興奮し、ルナールは初めての都会にたじろいでいる。

俺と出会うまで、彼女たちは母親と森の中に住んでいた。双子の母親は魔法薬の研究をしていたそうだから、素材が豊富な森にいたのだろう。

「よし、学院の事務局へ行くぞ。お行儀よくしていろよ」

うなずく二人の手を引いて俺はカーナル中央学院に入った。

きっと授業中なのだろう、校内に生徒の姿はなくひっそりとしていた。俺たちの足音だけが長い通路に高く響いている。子どもたちはこわごわと周囲を眺める。冷たく巨大な石壁の校舎を見て萎縮しているのかもしれない。

掃除をしている人などに尋ねながら事務局まで行き、受付の事務員を見つけることができた。生真面目そうな男性だからきちんとした対応をしてくれそうだ。

「すみません、この子たちの入学について確認したいことがあるのですが」

「はい、どういったことでしょうか？」

「入学許可の書類はそろっているのですが、具体的な日程や、入学に際して必要なものなどを教えていただこうと思いまして来ました」

「日程や持ち物の書類、入寮のしおりなどはお渡ししてあると思うのですが」

「事情があって紛失しました」

「少々お待ちください」

事務員は双子たちの入学許可証を持って奥に引っ込み、新しい書類の束を抱えて戻ってきた。

「間違いございません。ソルア・メックリング・リーデンさんとルナール・メックリング・リーデンさんの入学は認められております。初等科の学費と寮費も納入されていますね」

「それはよかった」

書類に不備はないようで一安心だ。場合によっては手続きのやり直しも覚悟していたのだが、そういった事態は避けられたようだ。

「それで、本日お越しいただいたのは今後の日程についてですよね」

「そうです。入学までにそろえておかなければならないものなどについても、具体的に聞いておこうと思いまして」

「えーと、お父さまですか？」

「いえ、私たちに血のつながりはないのですが、現在この子たちを保護しておりまして……」

「それは困りましたね。今後の学費等の請求をどうすれば……」

双子はびっくりして俺を見つめている。さらにお金がかかると聞いて驚いているのだろう。

だが心配することはない。

「それは私に請求してください」

乗りかかった舟だ。この子たちの面倒は俺が最後まで見るつもりである。

「ふーむ……、失礼ですがご職業は？」

「職業？　えーと……」

俺の職業ってなんだろう？　先日までは完全な失業者で、今は……。

「あ～、人形師をやっています」

「人形師……」

事務員さんは困惑顔だ。俺に授業料を払えるか不安なのだろう。

「お金のことなら心配はいりませんよ」

「他に保証人になってくださる方はいらっしゃいますか？」

「こいつじゃだめですか？」

ガーグルを指さす。

「魔物は保証人になれません」

「おいおい、俺さまを舐めるなよ。古代秘宝のありかをいっぱい知っているんだからなっ！」

「はいはい、怒らない」

俺はガーグルをなだめる。記憶が曖昧なくせに、どうしてこんなに偉そうかねえ。

「実を言うと、自分は召喚者で、この地に知り合いは少ないんですよ」

「召喚者ということは国のためのお仕事を？」

「私は例外でして、都を離れて暮らしています」

召喚者と聞いて明るくなった事務員さんの顔が再び暗くなった。でも、俺を憐れむようにウンウンともうなずいている。

「わかります。召喚された方でも、稀に有用でない能力をお持ちの方がいるんですよね」

「はあ……」

そういうわけじゃないんだけどな。

「長いカーナルの歴史の中では、ハズレスキルなんて呼ばれて追放されることもあったそうです」

「お、俺は……」

「いえいえ、おっしゃらなくてもお気持ちは察しております。ですが、悲観することばかりではありませんよ。追放されたのち、その人のスキルの有用性が再認識され、三顧の礼をもって迎えられたなんて例もあるのです！」

彼は俺を励ますようにうなずいている。きっと根は優しい事務員さんなのだろう。思い込みは激しいようだが……。

「それに、入学金と初等科の授業料はすでに収められています。すぐに追加のお金がかかるわけではないので大丈夫でしょう。ただし、学用品などは事前に購入する必要がありますよ」

「問題ないです。それくらいの金ならあります」

双子が中等科へ行く場合はさらに学費がかかるようだが、この子たちに才能があるのなら開花させてやりたい。そのためだったら新しい商売を考えたっていい。

入学に関する詳しい話や書類をもらって、俺たちは事務局を退出した。折しも終業の鐘が鳴り、各教室から生徒があふれだしてくる。

「中庭で遊ぼうぜ！」

「次の授業はなんだっけ？」

「うぉっ、魔法薬学の課題を出し忘れた！」

すぐ横を駆け抜けていく生徒たちは、子どもだけが持つ若々しいエネルギーで輝いていた。

突如湧き返る校内にソルアとルナールは言葉を失くしている。同じ場所にこれほどたくさんの子どもが集まっているのを見るのは初めてだろう。俺は二人の肩にそっと手を置いた。

「来年の春からは二人もあの中に入って学ぶんだよ」

カーナル中央学院はよさそうな学校だ。子どもたちが望み、やり遂げる力があるのなら、援助は惜しまない。養い親として、俺も覚悟を新たにする。

期待と不安の入り混じった表情の双子を連れて学院を後にした。

4　反抗期

夏の暑さもピークを過ぎた。菜園の横に作った棚のブドウがいい感じに色づいて収穫を待っている。子どもたちは毎朝のようにブドウの房を眺め、もう食べられるかと聞いてくる。

俺とガーグルもブドウの収穫を楽しみにしていた。今年の秋はこのブドウを使ってワインを仕込む予定だからだ。

朝食の後片付けをしていると、ソルアが駆け込んで来た。その後ろからルナールも顔を出す。

「遊びに行ってくる！」

盛夏を過ぎたとはいえ外はまだまだ日差しが強い。

「ちゃんと帽子をかぶっていくんだぞ。それから、俺が作った日焼け止めは塗ったか？　必ずお昼ご飯の前に戻ってくるように」

「今日のお昼はなあに？」

「チキンライスだ」

「あれ、大好き！」

「ルナールの好きなスイカも冷やしておくからな」

「うん、楽しみ」

子どもたちは夏を満喫していて、毎日暗くなるまでよく遊んでいる。

ガーグルは外へ飛び出していく二人を見送りながら小さく笑っている。

「なんだよ?」

「トウヤも子育てが板についてきたじゃねえか」

「そうでもないさ」

実際わからないことだらけで困っているくらいだ。それでも双子は竜人とのハーフだから人間の子どもよりはるかに体が強い。風邪一つ引かないので、その分ずっと楽なのだろう。

「さてと、夜のために紙を少し作製しておくか……」

最近になって子どもたちに字を教え始めた。入学前にある程度の読み書き計算が必要だと説明されたからだ。

集中力はルナールの方がある。ソルアはアグレッシブなのでわからないことをドシドシ質問する。二人とも素直なので覚えるのが早い。

目下の課題は教材の不足だ。双子は本を欲しがるけど、この世界には子ども向けの本が少ないのである。品ぞろえが豊富なララベルの店にだって数冊しかないもんな。それだってもう全部買い占めてしまった。

だが、本好きの俺は多読の楽しさと有用性を信奉している。読み書きを覚えるためにもテキストはたくさんあった方がいいだろう。

「いっそのこと自分で作ってしまうか……」

「俺は手伝わないぞ。腱鞘炎になっちまうからな」

「俺だって手書きは嫌だよ」

字は下手なので子どもたちにはあまり見せたくないのだ。

「俺が作るのはタイプライターさ」

PCとプリンターというのもいいのだけど、それだと開発に時間がかかって仕方がない。目的は読みやすいテキストを印字するだけである。それならもっと単純な構造のタイプライターでいいだろう。

カーボン紙を挟めば複写もできるから、ひとり一冊ずつのテキストだって作成可能だ。

「午前中を開発に充てるから、ブロッコリーの収穫は頼むぞ」

「えぇ……」

「いちいち口答えをしない！」

「へーい……。俺も子どもたちと遊びに行けばよかったぜ」

ガーグルは俺の作った麦わら帽子をかぶって、だるそうに外へ出ていった。

タイプライター作りは楽しく、あっという間に時間が経ってしまった。気がつくと、遊びから戻った子どもたちとガーグルが書斎の入り口に立って俺を見ているではないか。

「おう、おかえり」

「トウヤ、おなかが空いたよ」

「私も」

「俺さまも」

「おっと、すまない。もうお昼か」

子どもたちの食事が遅くなったようだ。それくらい熱中してしまったのだな。キーの打ち心地やタイプ音、インクの発色など、こだわりまくったからである。

タイプライターはイタリアの名門オリベッティ社のヴァレンタインというモデルを参考にした。前にネット記事で見かけたんだけど、おしゃれで機能的なんだよね。

赤バケツと呼ばれることもあり、折りたたむと手提げ鞄のようになるのが特徴のタイプライターだ。俺が開発したタイプライターもこちらを参考にして携帯性を持たせたぞ。

さっそく文章を打っていきたいところだけど、まずは子どもたちにご飯を食べさせないとな。

一人暮らしの気楽さに憧れながら、子どもと使い魔のためにチキンライスを炒めた。

ご飯を食べると子どもたちはまた遊びに出かけてしまった。ガーグルは書斎のソファーで昼寝を決め込んでいる。

俺は静かに自分が知っている童話を打ち込んでいく。「桃太郎」「シンデレラ」「白雪姫」「こぶとりじいさん」など、子どもの頃に読んだストーリーは忘れないものだ。

文章の専門家ではないけど、ないよりはいいだろう。

「ほう、こいつは驚いたな……」

寝ていたガーグルが俺の後ろからタイプライターを覗き込んでいた。活版印刷さえない世界だからめずらしいのだろう。

「よくできているだろう？　これなら誰が書いても読みやすいんだ。せっかくだから使ってみるか？」

「ふむ、やってみるか」

「子どもたちに読ませるためのお話を書いているんだ。ガーグルも頼むよ」

「うむ、俺さまにまかせておけ。とっておきのお話を書いてやろう」

ガーグルはキーボードの配置を覚えると、ゆっくりと爪でキーを打ち始めた。

カシャ……、カシャ……、カシャ、カシャ……、カシャ……。

「ふぅ、けっこう大変だな」

「キーの配列さえ覚えてしまえば楽になるさ」

「うむ、とりあえずタイトルは書けたぞ」

「どれどれ……」

できあがったタイトルは『人類の黒歴史』か……。

「こんなものを子どもたちに読ませられるか！」

「不都合な真実を知られるのがそんなに怖いか、人間！」

「やかましい！　たとえ真実を知るにしたって判断力がそなわった大人になってからでいいんだよ！」

「軽い冗談だ。そんなに怒るな」

ガーグルはしれっとした態度で笑った。

「しかし、こいつはよくできているな。トウヤ、俺にも作ってくれよ」

「俺に雑用ばかりさせる使い魔だな」

「そう言うな。子どもたちに物語を書いているんだろ？　だったら俺が誤字脱字をチェックしてやるからさ」

間違ったテキストを読ませてしまうのは不安だな。見直しの人数は多ければ多いほどいいだろう。ちなみに、タイプライターはホワイトテープのようなもので修正も可能だ。

「よし、俺のことを手伝うんだったら特別に作ってやる。だけど、ガーグルがこんなに興味を持つとは思わなかったよ。あ、前に言っていた全部嘘の百科事典を作るためか？」

「それもあるが、まずは『ドゴントの秘薬の隠し場所について』を書いておきたい」

そんな話をしていると子どもたちが帰ってきた。

「ただいま～！」

「おかえり。おやつのクッキーがテーブルの上にあるぞ。冷蔵庫に牛乳もあるから」

「はーい」

子どもがいると家の中がとたんに騒がしくなるな。口数が少ないルナールだって足音は立てるのだ。まあ、にぎやかなのも悪くはないが……。

「で、なんの話をしていたんだっけ?」

「俺さまの著書の話だろう」

「ああ、ドゴントの秘薬とか言っていたな。ドゴントって誰?」

「三百年前の大賢者だ」

「ドゴントなら私も知っているよ。お母さんが教えてくれたもん。いろんな魔法薬を発明した人なんだって」

クッキーの皿を手にしたルナールが教えてくれた。小さな子どもまで知っているのだから、この世界ではかなりの有名人なのだろう。

「ドゴントの発明で特に有名なのが不老不死の秘薬なのだ。さすがのトウヤもそれは作れないだろう?」

「たぶん無理だな。きっかけとなる素材が見つかればわからないけど」

現段階では創造魔法の領域を超えていることはたしかだ。

「ところで、ドゴントさんというのはどうなったんだ?」

「寿命で死んだよ」

「不老不死の薬、失敗してるじゃないか！」

「本人は飲まなかったのだ。奴は自分の使い魔に飲ませて実験したのさ。使い魔の大好きなフライドチキンに混ぜてな……」

「動物実験か。まあ、新薬をいきなり試すわけがないか。それでどうなった？」

「実験は成功した。使い魔は不老不死になったよ。だが、ドゴントは自分の分の薬を飲む前に発作で死んでしまったがな」

「間に合わなかったわけだ。でも、どうしてガーグルがそんなことを知っているんだよ？」

「薬を飲んだ使い魔が俺だからだ」

「いつものほら話か……」

「違う！　これは本当なのだ！」

だとしたら、ガーグルは不死身なのか？　俺はおもむろにホルスターのマジックガンを抜いた。

「本当に死なないのなら……」

「早まるなっ！　攻撃されれば死んでしまうわっ！」

「そうなの？」

「そんなもので撃たれたら再生が追いつかねえんだよ！　だが、老衰や病気にはならないらしい。三百年もの間、風邪さえひいたことがないからなあ……。たぶん、薬のおかげだと思う」

「それで、ドゴントの偉業を後世に伝えたいわけだな」

「いや、ぜんぜん違うぞ。あいつは性格が悪かったから嫌な思い出しか残っていない」

ガーグルの渋面から見るに、かつての主をかなり嫌っているようだ。

「だったらなんのために書くんだよ？」

「人間どもを混乱させるためさ」

ガーグルは高らかに笑った。

「秘薬の手掛かりになりそうなことを書いて、強欲な人間どもをもてあそんでやるのさ」

「おま……」

「全部が全部嘘ではないところが肝心だな。本当のことも織り交ぜて書くと信憑性が出る。不老不死に憧れる金持ちは多いんだぜ。希望に燃えるそういうやつらが落胆する顔が今から目に見えるようだぞ！」

まったくもって趣味が悪いな。

「というわけで俺にもタイプライターを作ってくれ。その代わり明日の皿洗いを頑張る」

「ずいぶんと安く見られたな！」

「じゃあ、明後日の皿洗いも……」

時給に換算しても割に合わないぞ。それでも俺はガーグルのためにタイプライターを作ってやることにした。

ガーグルの話がどこまで本当かはわからない。俺に対しても嘘をついていることだってありうる。

ただ、書くという行為が楽しいというのは理解できる。どんなに拙いものでも、なにかを作る、表現するという行為は人生の慰めになるものだ。

俺もタイプライターで日記でも書いてみようか？　俺の命が尽きても、どこかに日記が残っていたら、後から来る召喚者が役立てるかもしれない。

「空いた時間に少しずつ作るから、できあがりは三日後くらいだぞ」

「おう、頼むぜ」

「ガーグルばっかりずるい！　私もタイプライターが欲しいなあ」

クッキーを食べながらソルアが頬を膨らませている。

「ソルアも欲しいのか？」

「私だって字を覚えたもん。もう、なんだって書けるよ」

「私も欲しい……」

ルナールもか。

「うーん……、書き取りの練習は続けると約束できるかい？」

二人ともうなずいたので、双子にもタイプライターを作ってやることになった。なんだかんだで俺は子どもに甘いのだ。

色は俺のが赤、ガーグルが青、ソルアのが黄色で、ルナールのはピンクになった。なんだか戦隊もののみたいだが、間違いがなくていい。その日の午後からさっそく作製に取りかかった。


数日後、肉の買い出しにノンドラックへ出かけた。野菜は菜園でいくらでも実るのだが、肉やハム、ソーセージはそういうわけにはいかない。それに小麦粉や調味料も買っておきたいし、新しく作った小型ゴーレム人形を自動販売機に補充する必要があった。

馬車に乗っている間も子どもたちとガーグルは一生懸命タイプライターを打っていた。自分のタイプライターを手に入れてからというもの、三人はどこへ行くのにも持ち歩いて活用している。

「おいおい、馬車の中でそんなものを使って酔わないのか？」

「この馬車は揺れないから平気だ」

ガーグルが目も上げずに答えた。俺の馬車もバージョンアップを重ねて、地球上のどの最高級車にも負けないくらい振動や衝撃を抑えられるようになっている。ここまで快適な馬車はこちらの世界に二つとないだろう。

ガーグルは『ドゴントの秘薬の隠し場所について』を執筆中だ。タイピングも早くなり、一分間に百文字くらいは打てるようになったようだ。

ガーグルほどじゃないけど、ソルアとルナールもタイプライターに慣れてきている。本日も折りたたんだタイプライターを持参したくらい気に入っているのだ。

「ノンドラックに買い物に行くだけだろう。どうして持ってきたんだよ?」

「ララベルお姉ちゃんに見せてあげるの」

「私のを使わせてあげるんだ」

なるほど、子どもたちはララベルにタイプライターを見せびらかしたいわけだな。

そんな二人の様子を微笑ましく思っていたのだけど、ララベルの反応は俺たちの予想を超えていた。

子どもたちからタイプライターの使い方を教わったララベルは熱病にでも冒されたように震え出してしまったのだ。おいおい、額から汗まで噴き出ているぞ。

「トウヤ……」

「お、おう。どうした?」

「私にもタイプライターを作ってくれないかしら?　なんでもするから……」

「な、なんでも……だと……?」

そんなことを言われたら怖くなってしまうのだが。

「お願い!　こんなすごいものがあるなんて、あなたは天才だわ!」

「俺が考えた道具じゃないんだけどな」

「なんでもいい！　お願い、私にもタイプライターを！」

ララベルは仕事で複製本を作っているもんなあ。これがあれば、仕事がおおいにはかどるのだろう。

「わかった、ララベルには世話になっているから無料で作ってあげるよ」

「ありがとう、トウヤ！」

こんなに喜んでもらえるのなら作り甲斐があるというものだ。

「何色がいいかな？」

「できたら緑色を」

期せずして戦隊カラーがそろってしまったようだ。できるだけ早く緑のタイプライターを届けると約束してノンドラック書店を後にした。


季節はすっかり秋の風情となった。空は高く、つがいのトンボが金色の麦畑の中を幾組も飛んでいる。

本日は小型ゴーレム人形を卸しにノンドラックへやってきた。人形の売れ行きは衰えることなく、いつ行っても『売り切れ』ランプが点灯しているほどだ。

おかげで生活にゆとりが出てきた。もともと困ってはいなかったが、今のままなら子どもたちが中等科や高等科に進学しても学費に困ることはないだろう。

馬車でララベルの店までやってくると、店先に妙な人だかりができていた。またもや行列ができているのかと思いきや、そういうことではないらしい。人々は店から少し距離を置いて、中を覗き込むようにしている。

「おいおい、警備兵がいやがるぜ。やばくないか？」

逃げ出そうとするガーグルの首をつかんだ。

「俺たちはなにも悪いことをしてないだろう？　ビクビクするなよ」

「使い魔はいつだって迫害の対象なんだよ。用心に越したことはねえ」

騒ぐガーグルをなだめてララベルの店の前に馬車を停車させた。店の前には警備兵が二人、中にも四人ほどの兵隊がいる。

俺の姿を認めたララベルと小隊長らしき兵隊がすぐにやってきた。

「トウヤ、こんにちは」

「なにかあったのかい？」

ララベルは苦笑しながら肩をすくめる。

「自動販売機を狙って強盗が入ったのよ」

「なんだって！　君にけがは？　本に被害はない？」

「私は平気よ。強盗も魔法で捕まえたわ」

小隊長が横から言い添えた。

「詳しい取り調べはこれからですが、どうせよそ者でしょう。書泉の魔女の店に押し入るとは命知らずの無知どもだ」

ララベルは魔法の知識が豊富で、この界隈では一流の魔女としても知られているのだ。そんな彼女の店を選んでわざわざ襲撃する輩はそういないらしい。

だけど、店が襲われたのはやっぱり俺の責任でもある。小型ゴーレム人形の自動販売機がなければ、こんな事件は起きなかったはずだ。

「すまない、ララベル。自動販売機はすぐにでも引き上げるよ」

「気にしなくてもいいの。私はかまわないわ」

「いや、別に場所を借りる。自動販売機が置ければいいんだから」

「そんなことをして平気？　自動販売機ごと盗まれたらどうするの？　中のゴーレムも売り上げもつり銭も、全部盗られてしまうじゃない」

自動販売機がいくら重くても、その可能性はゼロじゃない。日本にいたときだってそういう事件は起こっていた。

「ジュンちゃんのようなゴーレムに守らせるよ。ガーディアンを二体も配置すれば問題はないさ。ついでに清掃も任せれば一石二鳥だ。ところで、ノンドラックに不動産屋はあるかな？

適当な土地を借りたいんだけど」

「やっぱり町の中心地がいいのかしら？」

「いや、家賃が低い郊外の方がいいな」

生活費と子どもの学費がまかなえればじゅうぶんなのだ。ガツガツと儲ける必要はない。

「だったら、知り合いの地主さんを紹介するわ」

ララベルはさっそく紹介状を書いてくれた。

ソルアは嬉しそうに手足をばたつかせている。

「トウヤはお店を開くの？」

「まあ、そう言えなくもないな。無人販売所を作るだけだけど」

人付き合いが面倒な俺には、これくらいが限界だ。だけど、作るからにはこだわりを持った店にしたい。

「いっそのこと、カプセルトイ・ランドも作るか……」

「それはなに？」

「カプセルトイの販売機を百くらい並べるのさ。きっと壮観な景色になるだろうな」

「すごい！　みんな喜ぶね」

「俺の故郷にもそういうお店があってな、けっこうお客さんが入っていたんだ」

腕を組みながらガーグルがうなずく。

「そんなにおもしろい店なら外観もこだわろうぜ。他にはない奇抜な見た目がいいと俺は思うな」

「なるほど、一理ある」

ルナールが難しい顔をしながら手を挙げた。

「どうした？」

「ダンジョンの入り口みたいなお店がいいと思う……」

「ほう、それはいいな」

「名前はノンドラック・ダンジョン」

こんな風に自分の意見が言えるようになったルナールの成長が嬉しかった。

「よし、その意見を採用しよう。細かいことについては、帰ったら作戦会議だ」

俺たちはワクワクしながらバガッド山へ戻った。


秋もだいぶ深まった。ノンドラックの町外れに土地を借りた俺は、小型ゴーレム人形の無人販売所を開くため毎日忙しく働いている。

子どもたちやガーグルにも意見を出してもらい、店の外観はすでにデザインができている。

まずは通りに面した土地の真ん中に、苔むした石造りの祠《ほこら》を建てた。だが、ここは店舗ではない。売り場は地下にあるのだ。

祠に取りつけられた重厚な鉄の扉をくぐると、地下へと続く階段が現れる。壁には魔物たちと戦う採掘者たちの精巧なレリーフを施したぞ。

雰囲気をさらに盛り上げるために、それっぽい文言でも彫っておくか。俺は創造魔法を展開して石壁に文字を刻んでいく。

『深淵を覗くとき、深淵もまたこちらを覗いている』

イミテーションの松明に照らされて階段の上の文字が揺らめくさまは、本物のダンジョンさながらの出来栄えだ。

「すごいね、トウヤ。カーナルのダンジョンもこんな感じなのかな？」

ソルアが周囲を見回しながら聞いてくる。

「あそこはもっと規模が大きいんだ。入り口の階段もずっと広いんだぞ」

「魔物もいっぱいいる？」

「そうだな、魔物は定期的に発生しているよ」

「だったら、ここにも魔物を出そうよ」

「ガーグルに座っていてもらうか？」

ソルアはブンブンと首を横に振った。

「そうじゃなくて、魔物の人形を置けばいいんだよ」

「それはおもしろいアイデアだ。さっそくやってみるか」

俺は魔力を込めて階段の途中にある壁に亀裂を作った。

「どうするの？」

「この裂け目の向こうに、さらに空間を作る」

壁に空間を作ったら、内部にリアルな人形を設置する。

「うわぁ、本物みたい！」

裂け目からこちらをうかがうゴブリンの姿が見えるぞ。赤く光る眼、緑の肌、体毛の一本一本までリアルに作られている。

「いい感じだろう？」

「錆びたナイフが本物って感じ！」

ソルアは大喜びだが、ルナールは少しだけ怯えていた。

「ちょっと怖い」

「大丈夫、単なる演出だから」

『冒険心を煽る』がこの店のコンセプトなのだ。

危険な本物のダンジョンに行かなくても、ちょっとした冒険気分に浸れ、自販機やカプセルトイでお宝をゲットできるというのが趣旨である。

ゴブリンの他に天井には巨大なダンジョンスパイダーも配置しておいた。こちらも八つの眼が光り、手足がモゾモゾと動く優れものだ。

プロの採掘者でも本物と間違ってしまうくらいの出来栄えだった。

さて、店の階段を降り切ると十二メートルくらいの通路がある。

「この通路の両側にも魔物の人形を置いておくか」

「魔物だけじゃつまらないよ」

「そうか？　だったらソルアはなにがいいと思う？」

「うーん……、かっこいい武器！」

「ふむ、悪くないな。ルナールは？」

「私は人々の傷を治してくれる伝説の泉がいいなあ」

「なるほど、癒しも必要か……」

子どもたちの意見を取り入れることにした。まずは大きな岩に突き刺さった聖剣を右側に配置する。もちろんレプリカだ。危なくないように刃はつけていないけど、装飾だけは派手にしておいた。

通路を進んだ先の右側には青く光る泉を置いた。ポンプで循環させて常に水面が揺れている演出付きだ。

他にも美しいステンドグラスがはめられた祈りの場なども作ったぞ。ガーグルは寒気を覚えるといっていたけど、こちらも俺の自信作だ。ベンチを配置したので休憩にも使えるだろう。

こうした通路を抜けて歩くと、いよいよ店舗となる。自動販売機は十台、カプセルトイの販売機は百二十台用意した。

他にも両替機やカプセル回収ボックス、ジオラマを手に入れられるクレーンゲームなども設置されている。

また店内には二体のゴーレムを配置した。体長三メートルの闘神型で、お寺の門などに置かれている仁王像を参考にして作った。

戦闘力が高く、数種類の警告を発することだってできる。

「店内での飲食は禁止です」「店内での暴力行為は禁止です」「店から出ていけ！」「排除を開始します」などだ。

こいつらが守っていれば、いたずらや窃盗事件は起きないだろう。

しかもこのゴーレムたちは閉店後に掃除もしてくれるのだ。ムキムキの仁王像が箒やモップがけをする姿はどこかほっこりするだろう？　仁王型ゴーレムなので、名前は「ア」と「ウン」にした。

内装も完成し、最後に看板をかける段となった。店の名前はルナールが命名した『ノンドラック・ダンジョン』である。

「もう少し右！」

「左側が下がっているぞ」

ソルアとガーグルの指示に従って、長身のア・ウンが看板を取りつけた。我ながらいい出来栄えの店舗になったなあ。これなら繁盛間違いなしだろう。

「よし、これで店は完成だ。あとは開店に向けて商品を間に合わせないとな」

オープンは三日後に行われる収穫祭と同日にした。ララベルの店にポスターを貼らせてもらって宣伝も開始してある。

できあがった店を見て感慨にふけっていると、兵士の一団がこちらに走ってきた。あの小隊は見たことがある。たしか、ララベルの店に強盗が入ったときにやってきた人たちだ。

「みんな、下がりなさい！」

「どうしたんですか？」

「ここにダンジョンが出現したという報告を受けた！　この一帯を封鎖します！」

隊長さんは緊張の面持ちで現場を指揮している。みんな顔面が蒼白だけど、ダンジョンってこの店のことか！

「誤解ですよ。これは自分が作りました」

「いや、どこからどう見てもダンジョンでしょう？　ちゃんと『ノンドラック・ダンジョン』って書いてあるし……」

「いや、そうだけど、あの看板をつけたのは私ですから」

警備兵を相手にしていたら、採掘者や冒険者っぽい人たちも集まってきてしまったぞ。

「おお、ここが新しく出現したダンジョンか！」

「よぉし、稼ぐぜ！」

小隊長さんが声を張り上げて人々を制止する。

「待て、待て！　我々が安全を確認してからだ！」

俺は小隊長さんに負けないくらい声を張り上げた。

「だから、ここは俺の店なんですって！」

「本当に？　どこからどう見てもダンジョンなんだが……」

こうなったら、中を見せて誤解を解くしかないか。

「どうぞ入ってください。中を見れば納得いただけるでしょう」

扉を開くと警備兵だけじゃなく、やじ馬たちもおっかなびっくりついてきた。

「ゴ、ゴブリンだあっ！」

壁の亀裂のゴブリン人形を見て警備兵が剣を振り上げる。

「よく見てください、人形ですから」

「いやいや、動いているではないか！」

まあ、そういう風に作ってあるから……。

「上を見ろ！　ダンジョンスパイダーがこちらを狙っているぞ！」

「あれも人形だってば！」

「馬鹿を言うな！　人形があんなリアルな動きをするわけがないだろうがっ！」

「だあっ！　人の店で攻撃魔法を使うんじゃないっ！」

人々の誤解を解くのは大変だったけど、俺はまんざらでもない。苦心して作った店を本物のダンジョンと間違われるのは気分がよかった。


収穫祭前日、『ノンドラック・ダンジョン』のグランドオープンを明日に控えて、俺は忙しくしていた。

「ア・ウン、両替機を下に運んでくれ。ジュンちゃん、その木箱も地下だ」

ゴーレムたちは黙々と仕事をしている。街はずれとはいえ、明日はお祭りである。それなりの客足を見込んで商品は多めに用意しておく。

銀行で大量のコインも仕入れてきたぞ。その額、百五十万エクス分だ。変な輩に後をつけられるかと思ったけど、ア・ウンの護衛付きだったので平気だった。

このように開店前で忙しくしていると、知り合いが俺を訪ねてきた。

「よお、三上さん。書店のお姉ちゃんに聞いてやってきたぜ」

「門真さん。元気そうだね」

「おいおい、水臭いじゃないか。こんないい店ができるのなら一言知らせてくれよ」

門真さんは店舗をじっと観察している。おや、スカウター・グラスが大きな魔力の流れを感知したぞ。きっと移動魔法を使うために場所を記憶しているんだな。

「都とノンドラックじゃ気軽に行き来はできないよ。門真さんじゃないんだから」

「サリーズ王子も三上さんに会いたがっていたぞ。小型ゴーレム人形が相当気に入ったみたいだ。毎日のように遊んでいて、もう追加の人形が欲しいそうだ。どうだい、今から俺と都に飛んで顔を出さないか？」

「今は忙しすぎて無理だよ」

「三上さんは本当に出世欲とかないんだな」

王族を相手にするなんて面倒なだけだ。それに、今は開店準備でそれどころじゃない。まだすべての商品がそろったわけではないのだ。

「今夜は徹夜でこいつを作る予定さ。サリーズ殿下の相手をしている暇はないんだよ」

俺はオープン記念限定のドラゴンライダーとグリフォンライダーの人形を見せた。

「素晴らしい造形だろう？」

「こいつはすげえぜ……」

だが驚くのはまだ早い。これの真価はここからだ。俺は人形に魔力を強めに送った。グリフォンの翼がはためき、わずかながら体が宙に持ち上がる。

「と、飛んだ!?　まじか……」

門真さんは食い入るように人形を見つめている。限定商品だけあってクオリティーは一般のゴーレム人形とは段違いなのだ。

「飛べるといっても三センチくらいなんだけどね。これはオープン記念で十五体ずつ売り出す予定なんだ。一体十五万エクスを考えているから全部は売れないかもしれないけど――」

「どっちも買った！」

「門真さんならそう言うと思ったよ」

「ついでにサリーズ殿下の分も買っていくぜ。絶対に欲しがると思うから」

「了解。開店は明日だから、時間があったら遊びに来てよ。トイカプセル・ランドも作ったからさ」

「なんだと、トイカプセルを売るのか！」

三日間なにも食べていない野良犬みたいな食いつきようだな。きっと日本にいた頃は常連だったのだろう。

「オープンは明日だな。絶対に来てやるぜ！　これまで貯めた報酬を思う存分つぎ込んでやる！」

ロボものカプセルがあれば、コンプリートするまで回してくれそうだな。

トイカプセルは三百から千五百エクスの価格帯で販売することにした。季節限定の服や装備もふんだんに用意したぞ。

またジオラマは都会のお洒落なカフェ、庭園、城、キッチンなどを作った。ジオラマに置ける小物もトイカプセルで販売する。

オープン限定のゴーレムはまだ十体ずつしかできていないから、今夜は徹夜になりそうだった。


俺たちの『ノンドラック・ダンジョン』はついにグランドオープンの日を迎えた。開店前だというのにすでに五十人くらいの人が集まっている。

「ノンドラック・ダンジョンにご来店の方は二列に並んでお待ちくださーい！」

ララベルが手際よくお客さんを整列させている。今日は本屋が休みなのでうちを手伝ってくれているのだ。

お、最前列に門真さんの姿が見えるぞ。きっと朝いちばんで来てくれたのだろう。

「それでは開店します。どうぞゆっくりお進みください」

俺はそう言ったのだけど、お客さんたちはおっかなびっくり歩いている。ダンジョンの様子がリアルすぎて怖がっているのだろう。

「安心しろ、俺は異世界からの召喚者だ。みんな、俺についてこい！」

門真さんが大声を上げながら突撃すると、他のお客さんも後に続いた。

「ゴブリンだあっ！」

「聖剣だ。伝説の聖剣があるぞ。引き抜け！」

店の奥から叫び声がしているけど、平気だろう。ちなみに、聖剣のレプリカは絶対に抜けないようになっているぞ。抜けたところで切っ先はない。

「予想以上に盛況ね」

ララベルが笑顔を向けてきた。

「ああ、これで生活に困ることはなさそうだ。ララベル、ありがとう。ここはア・ウンに任せてそろそろ帰ろう」

「え、もう帰っちゃうの？」

「だって、俺がいても仕方がないし……」

人ごみは嫌いなのだ。無人販売所を作ったのは接客が面倒だからである。それなのに俺が店にいたら本末転倒ではないか。

両手に商品をいっぱい抱えた門真さんが戻ってきた。

「おい、帰るっていうのは本当か？」

「子どもたちがそろそろ帰ってくるからな」

双子はガーグルとジュンちゃんを連れて祭り見物に行っている。パレードが終わったら合流予定だ。

「俺、サリーズ殿下を連れてこようかと思っているんだけど……」

「おう、好きに楽しんでいってくれ」

「はっ？　王族が来るんだぞ。歓待の準備とかは……？」

「うちの店にはそういうのはないんだ。来てくれてもいいけど、店とお客に迷惑はかけないでくれよ」

本気で帰り支度をしていたら門真さんとララベルに苦笑されてしまったよ。それでもかまわない。いろいろと気を使う生活はもうこりごりだった。


グランドオープンから二日後、俺はガーグルと双子を連れて店の様子を見に来た。商品の売れ行きと店舗の状態を確認したかったのだ。

「見ろよ、トウヤ。祭りは終わったっていうのにびっくりするほど客がいるぞ。人間は暇だねえ」

店内は数十人の客でにぎわっている。年齢層も子どもから五十代くらいまでと幅が広い。すぐ横でトイカプセルを回していた男女が騒ぎ出した。

「うぉおおっ！　レア鎧が出たぞ！」

「わざわざ駅馬車で来たかいがあったね」

このカップルは隣街からやってきたようだ。近隣の街とはいえ、この店のことがそんなに早く伝わるとは驚きだ。

商品を確認すると、在庫は二十パーセントくらいしかなかった。思っていた以上の売れ行きである。

各機械のコインを回収しながらガーグルがほくそ笑んでいる。

「お宝、お宝♪　これだけ儲かったんだ、今夜はご馳走にしようぜ！」

「賛成！　私も美味しいご飯が食べたいな」

ソルアもガーグルに続いた。

「そうだな、なにが食べたい？」

「フルコースを用意しろ。ふふふ、魔物界の美食王と称された俺さまを満足させられるかな？」

ガーグルを満足させることにはこだわらないけど、ちょっと気になることがある。フルコースと言えばテーブルマナーだが、そういったことも子どもたちには必要になるのではなかろうか？

テーブルマナーについては俺もよく知らない。特に、この世界でどうなっているかはまったくわからないのだ。

双子が学院に行くにあたり、その辺の知識だって必要かもしれないぞ。この子たちが他の子の前で恥をかくようなことがないようにしなければ。

「ガーグル、テーブルマナーを知っているか？」

「ふっ、なにをやらせても優雅な俺さまにテーブルマナーなど必要ないのだ」

「つまり、知らないということだな？」

「うむ！」

やはりガーグルは当てにできないか。困ったときはハウツー本だ。オーソドックスに書物から入るのがいいだろう。

でも、ノンドラック書店にテーブルマナーの本なんてあったっけ？　たとえなくても、ララベルなら知っていそうな気もする。

「よし、ララベルの書店へ行くぞ」

「なんだ、コース料理の本を探すのか？」

「違う、テーブルマナーの本だ。養い親としては、子どもたちが貴族の坊ちゃん嬢ちゃんにいじめられないように配慮する必要があるのだ」

「へいへい、過保護なことで……」

俺は馬車に飛び乗り、ノンドラック書店へ向かった。

「ララベル、テーブルマナーの本はないか？　カーナル王国のマナーだ」

「どうしたの、藪から棒に？」

俺が理由を説明すると、ララベルもすぐに察してくれたようだ。

「たしかに学院ではそれなりのマナーが必要になるわね」

「やっぱりか！　気づいてよかった」

「マナーの本ならこの辺に……」

ララベルは小さなマナー本を探してきてくれた。ぺらぺらとめくってみたが、内容はさほど難しくない。厳密な決まり事などは少ないようだ。これならすぐに身につくだろう。

「今夜のご飯から、さっそく練習してみよう」

「はい」

ルナールは素直に返事をしたが、ガーグルがいつものように文句を垂れた。

「テーブルマナーなんて面倒だな……」

「でも、お母さんも覚えなきゃいけないって言っていたよ」

ルナールはそう言うが、ソルアはあまり乗り気じゃないようだ。

「なんだか大変そうだなあ……」

「別に堅苦しい食事にするつもりはないぞ。美味しいご飯を楽しみながらマナーを覚えていけばいいんだ。それに、今夜は俺が腕をふるってご馳走を作るぞ」

「ご馳走！　どんなの？」

ソルアは食いしん坊だから興味を示してきたな。

「まずは秋らしく栗のクリームスープにしよう」

「おお！　それから？　それから？」

「手長エビとナスのマリネだな」

ここでガーグルが口を挟む。

「ここまでは悪くない。問題はメインディッシュだぞ」

「リンゴのソースをたっぷりかけた骨付き豚肉のグリルなんてどうだ、美食王？」

「でかした！　よきにはからえ！」

つくづく偉そうな態度の使い魔だ。これではどちらが主従かわからないぞ。俺が甘やかすのが悪いのか？

「デザートもある？」

これは甘いものが好きなルナールの質問だ。

「もちろんさ。デザートはルナールの好きな洋ナシのタルトにしよう」

こうしてメニューが決まると子どもたちもガーグルも喜んでいた。テーブルマナーは自分の家の食卓で気負うことなく学んでくれればいいと思う。

丁寧に本を紙に包んでララベルが渡してくれた。

「ずいぶんとご馳走が並ぶのね」

「無人販売所の売り上げがよかったんだよ。そうだ、ララベルも来ないか？　オープンの日には世話になったからお礼がしたい」

実はものすごく緊張したけど、なにげない感じで誘うことができた。

チッ！　ガーグルのやつ、ニヤニヤしやがって……。

「いいの？」

「ああ。夕方にジュンちゃんを迎えにやるよ」

本屋を出た俺たちは食材の買い出しをしていくことにした。

「お客さんを招くんだから、いいワインでも買いに行くか？　でも、それだと子どもたちが飲めないな」

「だったら、お母さんが得意だった飲み物を作りたい」

「ルナール、それはどんな飲み物なんだい？」

「煮立てたワインに薬草やフルーツを入れて作るの」

「そっか、きつねのしっぽのパンチを作るのね！」

ソルアも目を輝かせている。

「きつねのしっぽ？」

ルナールは地面に絵を描いて説明してくれる。

「きつねのしっぽっていうのは、こんな薬草なの。ワインを沸騰させて、そこにきつねのしっぽ、はちみつ、フルーツをつけ込むの。今の季節ならリンゴやナシが美味しいわ」

アルコールを飛ばしたホット・サングリアみたいなものだな。

「これを飲むとみんなが楽しい気持ちになるんだよ。特別な日にお母さんが作ってくれたんだ」

「みんなで飲むにはもってこいだな。だけど、きつねのしっぽなんて売っているかな？」

「バガッド山にも生えているわ」

「知っているのか？」

「もちろん！」

母親に教えてもらったのだろう、子どもたちは薬草に詳しい。

「だったら帰り道で探してみよう」

飲み物はきつねのしっぽのパンチを作ることにして、俺たちは大量に食材を買い込んだ。大きな肉の塊、ハムやベーコンやソーセージ、野菜と果物、ワイン、乳製品、と、美味しそうなものを端から買って馬車に積み込んでいく。

「こんなに買って平気なの？」

ルナールは心配そうに俺を見上げている。

「子どもはそんなことを気にしなくていいんだよ。ここのところずっと忙しく働いてきたんだ。これくらいの贅沢をしたってかまわないさ」

とはいえ、社畜時代よりは働いていない。今思い返してみてもひどい労働環境だったなあ。

仕事は忙しいのに食生活はもっと貧しかったもんな。ひどい生活だった。

日はまだ高かったので薬草を摘みながらのんびりと帰った。体力のある子どもたちは沿道の草むらに目をやりながら、次々と薬草を摘んでいる。

「見て、アリストテロアスがあるよ」

ルナールは枯れた花のついたつる草を引きちぎった。

「お母さんはこの草を混ぜて燻製を作ってくれたんだよ。アリストテロアスの煙には魔除けの効果があるんだって」

ソルアもアリストテロアスを抜いて振り回している。それを見て慌てたのはガーグルだ。

「そいつを俺に近づけるんじゃねえ！　それに、アリストテロアスで作る燻製だと？　俺が死んでしまうわ！」

あー、すっかり忘れていたがガーグルは魔物だったな。しかも最下級の……。こいつにとっては魔除けの草程度でも猛毒なのだろう。

「煙を少し我慢すればいいのよ。燻製はすごく美味しいんだから」

「馬鹿を言うな。ものすごく苦しいんだぞ。少し肺に入っただけで寿命が三十年は縮んでしまうんだからな」

「大袈裟ね」

「使い魔を思いやれないと立派な魔女にはなれないんだからな！」

ガーグルは苦し紛れにそう言っただけだろうが、ソルアはハッと息を飲んだ。

「ご、ごめんなさい……」

ソルアは泣きそうになってしまい、ガーグルもおろおろとしている。

「う、うむ、まあ、わかればいいんだ……」

この子たちは母親のような魔女になりたいようだ。だから、立派な魔女になれないと言われて気落ちしてしまったのだろう。

「そうだな、人の嫌がることをしちゃいけないぞ。たとえさぼり魔の使い魔であっても、ガーグルは仲間なんだ」

「ずいぶんとトゲのある言い方だな……」

「さぼり魔より、だらけ魔の方がよかったか？」

ソルアはつま先立ちでガーグルをハグした。

「本当にごめんなさい。ソルアは意地悪な子だった」

「も、もういいんだ……。それよりアリストテロアスを近づけないで……」

二人のわだかまりも解けたようで、よかった、よかった。きつねのしっぽも見つかり、俺たちは歌を歌いながら家まで戻った。

家に戻ると俺はみんなに手伝わせてご馳走を作った。外は夕焼け空でカラスたちが大声で会話をしている。

「そろそろララベルも到着するな。今のうちにきつねのしっぽのパンチも作っておこう」

ルナールとソルアは呪文を唱えながら、煮立たせた赤ワインにフルーツを入れていく。

「トウガ　トウガ　トウネンガ」

「ルオンド　ルオンド　ミンニルト」

ほう……、これは単なる飲み物ではなく魔力を込めた魔法薬の一種になるようだ。子どもたちは呪文を続けながら、さらにはちみつ、ハーブ、きつねのしっぽを加えてパンチは完成した。

「美味しくできたか味見をしてみよう」

一口飲んだソルアが首を傾げている。

「どうしたんだ？」

「お母さんが作ってくれたのと風味が違うの」

俺も一口飲んでみた。

「とっても美味しいぞ。これじゃあだめなのか？」

「…………」

ソルアもルナールも黙り込んでしまった。母の味とは違うことがショックのようだ。

「足りない材料があったのかもしれないな。なにか覚えていないか？」

「……木の皮」

ルナールがポツリとつぶやいた。

「木の皮？　薬草かなにかだろうか？」

「わからない。でも、お母さんは乾燥した木の皮をお鍋に入れていた気がするの。でもそれは私たちが住んでいた森の中には生えていなかったの」

木の皮ねえ……。薬草の知識はほとんどないので妙案は浮かばない。だけど、悲しみに暮れる子どもたちを黙って見てはいられなかった。

「待てよ……」

日本に住んでいた頃、サングリアにはハーブやスパイスを入れると聞いたことがあるな。ハーブはすでにミントやきつねのしっぽが入っている。ひょっとすると……。

「木の皮ってこれのことじゃないか？」

リンゴのソースを作るために買っておいたシナモンを俺は取り出した。ソルアとルナールは鼻を寄せ合ってシナモンスティックの香りを嗅いでいる。

「これかもしれない……」

「きっとそうだよ！」

ソルアはシナモンをつかんでまだ熱い鍋に落とした。

「ほら、いい香りがするよ！」

シナモンを入れるときつねのしっぽのパンチは風味が豊かになり、さらに美味しくなった。

「うん、これ！」

「お母さんの味だね！」

そうこうするうちにララベルも到着した。

「こんばんは。とてもいい匂いがしているわね。これはフルーツとワインかしら？」

「きつねのしっぽのパンチを作ったの。美味しいからお姉ちゃんも飲んでみて」

ルナールにしてはめずらしく自信たっぷりの態度だ。きっと満足のいく出来栄えなのだろう。

グラスにたっぷりときつねのしっぽのパンチをそそいで俺たちは乾杯した。

「とても美味しいわね。きつねのしっぽをこんな風に使うなんて初めて知ったわ」

薬草にも造詣が深いララベルが感心している。ソルアも自慢気だ。

「お母さんのスペシャルレシピなんだ」

「お母さんはきっと高名な魔女だったのね」

「ルイネーズ・リーデン、それがお母さんの名前だよ」

「ルイネーズ・リーデン……。聞いたことがあるわね。中央学院の学生のときだったはずよ」

ララベルが母の名前を知っていると聞いて、子どもたちはたいそう喜んでいた。

「さあ、ご飯を食べよう。まずは栗のスープからだ」

「栗の皮をむいたのは俺さまだぞ。労働が大嫌いな使い魔が手伝ったのだ。感謝して食べるように！」

きつねのしっぽのパンチのおかげだろうか。なごやかながら、どこかウキウキとした雰囲気が続く楽しい夕食会となった。

食事も終わり、小型ゴーレム人形などでたくさん遊んだ子どもたちは眠ってしまった。ガーグルも子どもたちと一緒に暖炉の前でいびきをかいている。

ララベルに手伝ってもらってソルアとルナールをベッドまで運んだ。

「おやすみなさい。よい夢を……」

俺に代わってララベルが子どもたちを寝かしつけてくれている。ベッドランプに照らされた三人の姿は一枚の名画のようだ。部屋にはなんとも言えない優しい空気がこもっていて胸を締めつけられる。これまでの俺には無縁だった光景だ。

ララベルは双子の額にキスをすると立ち上がった。

「私もそろそろおいとましないと」

「ああ、今夜は来てくれてありがとう。帰りもジュンちゃんに送らせるから」

自分で送っていきたいところだが、子どもたちを置いていくわけにはいかない。ララベルを伴って俺は玄関の外へ出た。

「少し肌寒いな」

もう少ししたら冬物を用意しなければならないだろう。

「いつもご馳走になってばかりだから、今度は私が夕食に招待するね」

「ララベルが作るのか？」

「あ、私が料理を作れないとでも思った？」

「そんなことはない」

ただ、なんとなく意外だっただけだ。

「どうせ料理なんて作れないガサツな女とでも思っているんでしょう？」

「だから誤解だって」

「いいわ、魔女の料理を堪能させてあげるから見ていなさい」

魔女の料理ってどんなものだろう？　聞いたこともない素材を使うのだろうか？　ちょっと怖いが興味はある。そういえば、双子の母親も魔女で料理が得意だったよな……。

「ララベル、ひとつ頼みがあるんだ。ルイネーズ・リーデンという人について調べてくれないか？」

「あの子たちのお母さんね。わかった、やってみるわ」

馬車に取りつけられた外灯のあかりが見えなくなるまで俺はララベルを見送った。

秋も深まり、バガッド山は紅葉の季節を迎えた。赤や黄色に色づいた葉が目を楽しませてくれている。

朝食のコーヒーを飲みながら窓から見える景色にホッとため息が出てしまうよ。社畜のときには考えられなかったくらい贅沢な時間を過ごしているなあ……。

ロールパンをかじりながらソルアが興奮している。

「朝ご飯を食べたら森へ行ってくるね」

「またウロールの観察か？」

「うん、そろそろ分裂しそうなんだ」

ウロールは害のない魔物で、スライムの亜種である。バガッド山の泉に住み着いていることは俺も知っていたが駆除はしていない。ウロールは人を襲うこともなく、地中の栄養素を吸うだけの魔物なのだ。

それに、ウロールは観察すると楽しい魔物でもある。動きがコミカルでかわいいのだ。しかも普通のスライムより小型でカラフルなマーブル模様の体をしている。

分裂のときは、この模様が流体のように動き、発光することでも有名だ。わざわざウロールを飼育する愛好家も大勢いるらしい。

ソルアとルナールはウロールの分裂をその目で見ようと、毎日のように観察へ行っているのだ。

「出かけるのはいいけど、その前にソルアの採寸をしてからな」

「あ、そっか！」

採寸は服のためだ。もうすぐ双子の誕生日である。プレゼントはなにがいいかと聞いたところ、ソルアは動きやすくておしゃれな服、ルナールは魔法の杖ということだった。

本気を出せば伝説級の服や杖を作り出すことも可能だが、もちろんそんなことはしない。子どもたちの将来を考えれば当然のことである。アイテムに頼ってばかりいては成長が阻害されてしまうからね。

そんな俺の親心をガーグルは呆れ顔で批判する。

「アイテム頼りの戦闘しかしないくせによく言うぜ」

「戦闘はやむにやまれぬときだけだ。命がかかっているときに方法論をとやかく言うなよ。死んじまったらそれまでなんだぞ」

俺は自らが開発したアイテムで殺戮《さつりく》を楽しむ趣味はない。あくまでも自衛のためなのだ。

「ごちそうさまー」

食事を終えたソルアが元気に立ち上がったが、お皿にはサラダが少し残っていた。

「ソルア、野菜も食べなさい」

食物繊維とビタミンは体の成長を助けてくれるのだ。

「えー、好きじゃないんだもん」

「そんなことを言わずに食ってみろ。すごく美味しいぞ」

俺が菜園で育てた大根を使ったサラダだ。味には自信がある。

「美味しくないもん。ごちそうさま」

「ごちそうさま……」

ソルアに続いてルナールも席を立った。見るとルナールもブロッコリーを少し残していた。前はこんなことはなく、出されたものはすべて食べていたんだけどなあ……。

「最近、反抗的だよな」

近頃、子どもたちは言いつけを守らないことが多くなっている。反抗期だろうか？　俺は不安になるがガーグルは嬉しそうだ。

「反抗的、大いにけっこうじゃないか！　ガキなんざ親に反抗して大人になっていくんだぜ。俺も見習わないとな」

「ガーグルは使い魔なんだから、少しは俺の言うことを聞けよ」

「俺のことはいいんだよ。子どもたちの態度が気にくわなければガツンとかましてやればいいだろう？」

「そんなことをして家出とかしないかな？」

「なにをオドオドしてやがるんだか。言いたいことがあったら好きにやりあえばいいのにさ」

ガーグルはそう言うが、俺は子どもをどう叱っていいかよくわからないのだ。そりゃあ子どものときは母親にガミガミと叱られた経験はある。

だけど、同じように叱っていいものなのだろうか？　俺はあの子たちの本当の親ではないのだ。

悩みながらもソルアの採寸をして送り出した。

「お昼ご飯までには帰ってくるんだぞ」

「トウヤも一緒に行こうよ。今日は絶対に分裂するから」

「行こう」

ソルアとルナールは二人して俺の手を引っ張ろうとする。だが、俺は今日もやることが多い。

「いろいろと忙しいんだよ。川の護岸整備をしたいし、新しくワインを仕込んでもみたいんだ」

新たに作ったブドウ棚には収穫を待つブドウがたわわに実っている。これをジュースにして白ワインを仕込む予定なのだ。

ワイン造りの教本はララベルの店で仕入れたし、必要な器具はすでに作製済みだ。

「ちぇっ、最近のトウヤはぜんぜん遊んでくれない」

「…………」

ソルアとルナールは頬を膨らませているが、今日中にブドウの収穫を済ませなければならない。

「また今度な」

「今度ばっかり！　行こう、ルナール」

「うん……」

子どもたちは俺に背を向けて行ってしまったが、そのことにホッとする自分もいる。ようやくこれで好きなことができる。

「いいのか、トウヤ？　このままじゃ双子が不良になっちまうぜ」

「子どもは親に反抗して大人になるんだろう？　さっきはそう言っていたじゃないか」

「へへへ、そのうちトウヤが学院から呼び出しを受けたりしてな。双子のせいで学級崩壊です！　とかなんとか言われてよお」

ガーグルの魂胆はわかっている。俺の不安を煽って楽しんでいるのだ。だが、その手はくうもんか！


そう思って作業に勤しんだのだが、単純な俺は自分の心を持て余してしまい、午後にはラララベルの本屋に来ていた。

「いらっしゃい。今日はなにをお探しかしら？」

「あ〜、育児書はあるか……？」

「どうしたっていうのよ？」

俺の様子を見てララベルはおかしそうに笑いをこらえている。

「いや、その、なんだ、反抗期への対処法を学んでおこうと思ってな。別に学級崩壊なんて心配はしていないが……」

「なにそれ？　欲しいのなら止めはしないけど、育児書なんて当てにならないわよ」

「そうなのか？」

「子どもはひとりひとり違うもの」

言われてみればそんな気がする。双子といってもソルアとルナールでは性格がまったく違うのだ。褒めたり叱ったりするにしても、微妙に対応は違ってくるだろう。

俺が納得したのを見てララベルはにっこりと微笑む。

「子どもが反抗するなんて当たり前のことじゃない。わがままを言うのはトウヤを保護者と認めた証拠よ」

「でも、悪いことをしたらどうする？」

「そのときは叱るの。でも、怒っちゃだめよ。怒るのと叱るのは別ものだから」

「俺にできるかな？」

「トウヤはそうしてきたじゃない」

きちんとできてきたかは自信がないが、そうしてきたつもりではある。そこをララベルに認められて嬉しかった。

「今までが素直すぎたのよ。ソルアもルナールもまだ五歳よ。親にたくさん甘えたいのに、それができない状況なんて不幸よね。彼女たちが抱えている不安は計り知れないほど大きいわ」

「俺はどうすればいい？」

「一緒にいて、二人に向き合い、寄り添うの。もちろんすべてがうまくいくわけじゃないわ。でも、失敗を恐れても仕方がないでしょう？　真剣に向き合って、あの子たちの幸福を考えるの。トウヤにとっての幸福じゃなくて子どもたちの幸福をね」

保護者になるっていうのはそういうことなのかもしれないな……。俺にはまだまだ覚悟が足りなかったようだ。

「子育って大変だな」

「そうね。いろんなものを犠牲にしないとね」

「わかった。ありがとう。ララベルがいてくれてよかったよ」

「少しは役に立てたかしら？」

「さすがは書泉の魔女さまだ」

「それはどうも！」

「そうだ、来週は子どもたちの誕生日なんだ。ララベルも祝いに来てくれよ。いつものようにジュンちゃんの馬車を迎えによこすからさ」

命令すればタクシーのように配車もできるからジュンちゃんは便利だ。

ララベルも必ず誕生会に来てくれると約束してくれたので、俺は安心した心地で帰路につくことができた。

黄金のように色づいていたカラマツの葉が木枯らしを受けていっせいに散っていく。晩秋が潔く去り、冬がもうそこまで来ていた。

「ルナール、ソルア、お誕生日おめでとう！」

子どもたちは満面の笑みを浮かべて喜んでいる。

「さあ、誕生日ケーキだぞ」

「誕生日ケーキってなに？」

ソルアが不思議そうな顔で聞いてくるが無理もない。こちらの世界にはそのような文化はないのだ。

「俺の故郷の習慣さ。願い事をしてからケーキに飾られたロウソクを吹き消すんだぞ」

「それは魔法なの？」

そう聞いてきたのはルナールだ。

「魔法というか、おまじないというか……。自分の目標をはっきりさせて、それに向かって頑張る儀式みたいなものかな？」

「私、立派な魔女になりたい！」

子どもたちは同時に同じことを言った。

「よし、魔女になりたいと願ってからロウソクを吹き消してごらん」

「私は立派な魔女になる！」

「お母さんみたいな立派な魔女に……」

「いくよ、ルナール」

「うん。せーの……」

二人は顔を寄せ合ってロウソクの火を吹き消した。

「おめでとう、二人とも。さあ、プレゼントだぞ」

俺は頼まれていた服と杖を二人に渡した。二人は大喜びで包みを開け、それぞれの贈り物を確かめていている。

「これは私からよ。気に入ってくれるといいんだけど」

ララベルは『塔の秘密』と『スライムの冒険』という絵本をプレゼントした。

「これは偉大なる使い魔の王からの贈り物だ。ありがたく受け取るように！」

絵が得意なガーグルは俺たちの家を描いた風景画を贈っていた。絵の中の城は魔王城のように脚色されており、城壁には高笑いしているガーグル自身が描かれている。少々悪趣味ではあるが、上手な絵であることは間違いなかった。

「そうそう、もう一つプレゼントがあるんだ」

俺は二枚のカードを子どもたちに渡した。ルナールはそれを読み上げる。

「えーと『一日中一緒に遊ぶ券』？」

「それを使えば、朝から夜まで俺はずっと二人と一緒だ。すべての時間を二人のためだけに使うと約束するよ」

「一日中トウヤが遊んでくれるの？」

ルナールは信じられないという顔をしている。

「どんな遊びにも付き合ってくれるの？」

ソルアはワクワク顔だ。

「どんな遊びにだって付き合うさ。ただし、人の道に外れるようなことはだめだけ……うわっ！」

「ありがとう！」

子どもたちが同時に飛びついてきて俺は危うくバランスを崩すところだった。薬指にはめたパワー・リングがなかったら転んでしまったかもしれない。

だけど、こんなに喜ばれるとは思わなかったな。

「はぁ、子どもは無邪気でいいねぇ」

邪気の抜けない使い魔がぶつぶつ言っている。子どもたちばかりがいろいろもらって拗ねているのかもしれない。ガーグルは三百歳のくせに大人げないのだ。

だが、俺はガーグルにもプレゼントを用意していた。

「ほら、ついでだからガーグルにもこれをやろう」

「なに！　なんだこれは？」

「肩たたき券だ」

小さな子どもがお父さんやお母さんに渡すアレである。おや、ガーグルが少し震えているぞ。もっといいものがよかったと怒っているのか？

「どうした？」

「この歳まで生きてきて、人間にこんなプレゼントされたのは初めてだ……」

「そ、そうか」

おいおい、こいつ、涙ぐんでないか？

「魔物も三百歳を越えると涙もろくなっていけねえや……」

「よかったね、ガーグル」

「私も肩を叩いてあげるからね」

ソルアとルナールにハグされてガーグルはついにオイオイと泣き出してしまった。まあ、こんな誕生会も悪くないか。

保護者になる覚悟が決まったわけじゃない。それでも俺は、この子たちにとって少しはましな保護者でありたいと思った。

5　迫りくる災厄

バガッド山に雪が降った。平地はそれほどでもなかったが、山の上はかなりの積雪がある。いよいよ本格的な冬の到来だった。

目下、俺は山道の整備と除雪中である。こんな季節は除雪車とスノーモービルが大活躍だ。こうなることを見越して作っておいたけど、大正解だった。

目立つのは嫌だったのだけど、門真さんにはもう見つかっているし、クエン・ゴリナも俺の動向はつかんでいるだろう。

それに、ノンドラックでは人形師として有名になってしまったから、今さら目立たないようにふるまうことに意味はない。もう開き直って、堂々とマシンを使うことにした。

「トウヤ、こっちの雪かきは終わったよ！」

力持ちのソルアは門の前の雪をすべてどかし、山のように雪を積み上げてくれていた。

「お、早かったな。ありがとさん。よしよし、ご褒美にいいものを作ってやろう」

俺は雪山に手を突っ込み、創造魔法の魔力を送り込む。

「うわあ、雪と氷のお城ができていく！」

「きれい……」

ソルアはできあがった氷の階段を駆け上がり、ルナールは冬のか細い太陽に輝く城をうっとりと見上げている。

気温はとうぶん氷点下を超えることはないだろう。この城は冬の間、子どもたちのいい遊び場になるに違いない。

子どもたちははしゃいでいたが、ガーグルはブツブツと文句を垂れている。

「こんな寒そうな城は絶対に住みたくないな。俺が魔王になったとしても、この城だけは絶対にごめんだ。さて、中に入って温かいココアでも飲むか……」

ガーグルは俺が作ってやったダウンジャケットのファスナーを首のところまで上げて震えている。ソルアはそんなガーグルの手を引っ張った。

「だめだよ、ガーグル。今日はそりで遊ぶ約束でしょう」

ルナールも小さくうなずく。

「薬草の調合を手伝ったら遊んでくれる約束……」

「しかたねえなあ……。じゃあ、どこでやる？」

三人は額を寄せ合って考えている。ククク……、まだまだ修行が足りないな。どうせ遊ぶのならスケールはでかい方がいい。

「そりをするのならいい場所を知っているぜ」

「どこ、どこ？」

ソルアが目を輝かせている。

「あそこから滑り降りるんだ」

俺はバガッド山の山頂を指さした。

「それ、最高！」

「行ってみよう！」

ソルアとルナールは飛び上がって喜んでいるが、ガーグルは歯をむき出しにして怒っている。

「自殺行為だぞ！　滑り下りるのも危ないし、山頂まで雪の中を歩くだけで過労死だ！　元社畜とやらは苦行が大好きなのか？　ドエムか？　馬鹿なのか⁉」

そこまで言うことはないだろうに……。

「安心しろ、ちゃんとしたそりコースを作る。それに俺が作ったそりの安全機能は完璧だ」

エアバッグや自動回避機能、緊急停止装置までついているのだ。

「それに、山頂へ行くときはジュンちゃんを使えば楽だろう？」

「それなら、まあ……」

「みんなは氷の城で遊んでいてくれ。俺はそりコースを作ってくるから」

三人をその場に残し、俺は山の斜面へとやってきた。

そりコースといっても複雑なものを作る気はない。コースを軽くならし、目印の旗を立て、邪魔になりそうな樹木をどかし、雪崩が起きそうなところの雪をあらかじめ崩しておくくらいだ。

スノーモービルで移動しながら作ったので、ものの一時間でそりコースは完成した。全長はおよそ十二キロ。バガッド山の頂上から麓へかけてのロングコースである。

子どもたちの安全を考えてカーブなどはほとんどなく、森林を抜けるコースも不採用にした。おもしろみに欠けると言われればそれまでだが、見晴らしがよく、のびのびとした気持ちでそりを楽しめるだろう。


バガッド山に子どもたちの笑い声が響いている。ソルアとルナールは溢れんばかりの笑顔を振りまきながら斜面を滑走していく。

俺とガーグルは二人で一つのそりに乗り、その後ろをついていった。

「死ぬ！　死んじゃう！　享年三百‼」

「そんだけ生きればじゅうぶんじゃねえか……」

耳元で奇声を上げるガーグルにうんざりしながら、子どもたちにならって、かじを右に切る。

雪煙を上げて旋回するそりに、ガーグルは断末魔の悲鳴を上げている。絶叫マシンに乗ったような感覚なのだろう。

「ぎえええええっ！」

そりがゴールに到着すると子どもたちは服についた雪を払うことも忘れて、俺のところに駆け寄ってきた。

「トウヤ、もう一回滑ろっ！」

「私もやりたい」

ソルアとルナールは元気いっぱいだがガーグルはげっそりしている。

「俺は二度と滑らないからな！」

「俺もガーグルとの二人乗りは二度とごめんだ。耳が痛くてしょうがないよ」

それに、いくら使い魔とはいえ、嫌がることを無理にさせるのはかわいそうだ。

「次は俺一人でついていくからガーグルはここで待っていてくれ。火を焚いておくから」

「そうしてくれ。いざというときは空から駆けつける」

ガーグルのために大きな焚き火を用意した。こういうときにも創造魔法は便利である。この程度のものなら準備に数秒しかかからない。

焚き火が赤々と燃え上がると、すぐに顔が火照るほどの熱が周囲に放出された。

「ソルアとルナールもこっちに来て服を乾かすんだ。きちんと乾いたらもう一度滑ろう」

「え～、早く滑りたいよ！」

「そう言うな、ソルア。ほらおやつを持ってきたぞ」

俺が取り出したのはマシュマロである。

「これを、こうやって枝にさして焚き火で炙って食べるんだ」

「おもしろそう！」

ソルアは喜んでマシュマロを受け取った。そうしている間にも、ルナールはもう枝を見つけてくる。

「俺には十個くれ。大きな声を出したから腹が減った」

ガーグルは長い枝にお団子のようにマシュマロを刺していく。

「表面がこんがりカリッとするまで炙るんだぞ。まあ、自分の好みでやってくれ」

マシュマロを食べた子どもたちは大興奮だった。

「あっち！　だが、うまい！」

口の中をやけどしそうになったガーグルだけど、猫みたいに目を細めて喜んでいる。表面はカリカリで、中がトロトロのマシュマロが気に入ったようだ。ソルアもハフハフ言いながらマシュマロにかぶりついているぞ。

おや、ルナールは浮かない顔をしているな。どうしたのだろう？

「マシュマロは好きじゃなかったか？」

ルナールは真っ青な顔になって首を横に振る。この様子は尋常じゃない。体まで小刻みに震えているじゃないか。

「風邪をひいてしまったか？　だったらすぐ家に――」

「そうじゃないの。急に未来が見えて……」

竜人と魔女の血を受け継ぐルナールは未来を予知することがあるのだ。だけど、こんなに怯えるルナールは初めて見た。

「なにか悪いことでも起こるのか？」

「なにが起こるかはわからないの。でも、ノンドラックに災厄が迫っている……」

「災厄……、それはいつ起こるんだ？」

ルナールは頭を抱えてしまう。

「ごめんなさい、詳しいことは本当にわからない。でも近いうち。たぶん数日以内に……」

「そうか、よく知らせてくれたね。ルナールのおかげでみんなが助かるぞ」

俺は震えるルナールを抱きしめた。

「本当に街の人たちは助かる？」

「ああ、俺が今から警告してくる。対策を立てれば大丈夫さ」

子どもたちのことをガーグルとジュンちゃんに任せて、俺はノンドラックへと雪山を下った。

結論から言えば、慌ててノンドラックへ行った俺だったが、誰からも相手にされなかった。

ララベルにも手伝ってもらって町長さんや顔見知りの警備隊長にも話をしたが、災厄の予知を信じてもらうことはできなかったのだ。

でっぷりと太った町長さんは応接室のソファーに深く腰かけながら、疑わしそうに俺を見た。

「人形師の先生が嘘をついているとは言いませんよ。ですが、具体的なことがわからなければどうしようもないではありませんか」

いつ、どこで、なにがあるかがわからなければ動きようがないという気持ちもわかる。だが、俺はルナールを信じている。それゆえに歯がゆかった。

「せめてみんなに警告だけでも出しましょう」

「いやいや、住民に不穏な情報を吹き込むことはおよしください」

「注意喚起もできないのですか？」

「不確かな情報で住民の不安を煽るのはやめてほしいですな。暴動が起きたら責任を取れるのですか？　変なことをなさると、あなたを逮捕することになる」

逮捕されたとしても抜け出すのは簡単だ。だが、新たな地で子どもたちの養育環境を整えなおすのは骨の折れる作業である。

しかも、逮捕の原因が自分の予知にあると知れば、ルナールは傷つくだろう。

俺とララベルは肩を落として町長の家を後にした。

「ごめんなさい、力になれなくて」

「ララベルが悪いわけじゃないさ。とりあえず、ララベルだけでもうちに避難しないか？　部屋ならたくさんある」

せめて友人くらいは危険な目に遭ってほしくない。だけど、ララベルは申し訳なさそうに首を横に振った。

「私だけ逃げられないよ。それに店も心配だから」

「そうか……。だけど、いざとなったら遠慮なく避難してきてくれよ」

「ありがとう。ついでにお願いしてもいいかな？　書店の本だけど、稀覯本だけはトウヤの家に置いといてもらえる？」

「任せてくれ。責任を持って預かるよ」

本のことを請け合うとララベルは肩の荷が下りた様子だった。だけど、俺としてはララベルが心配でならない。

いざ災厄が起これば町は混乱に包まれるだろう。ララベルが優秀な魔女ということはわかっているけど、個人の力ではどうにもならないことだってある。

「なにかあったら人形販売店のア・ウンのところに行くんだ。君の命令なら聞くように設定しておくから、ガードとして連れていくといい」

「トウヤ……」

どんよりとした雲が山に垂れ込んでいる。今日は夜から雪になるかもしれない。必要な食料を買い込むと俺は急いでバガッド山に戻った。

重苦しい空気の中で二日が過ぎた。以前は子どもたちの笑い声が絶え間なく響いていた我が家だったが、今ではそれも久しい。

「お前らなあ、ちっとはなにかしゃべれよ。この世の終わりじゃないんだからさ」

ガーグルも気を使っているようだが、子どもたちは元気がない。特にルナールは昨日からなにも話さなくなってしまった。

「ルナール、卵をもう少し食べるか？」

「…………」

こちらからの問いかけにも無言のままだ。彼女がなにを考えているのかがわからず、俺は歯がゆくなる。本当の親ならルナールの気持ちを汲み取ってやれるのだろうか？

ただ、ルナールはむやみに人を無視するような子じゃない。こうした行動にもきっと意味があるのだと思う。だから叱ることはせず、とりあえずは見守ることにした。


ルナールがいなくなったのは昼過ぎのことだった。最初に気づいたのはソルアだ。

「トウヤ、ルナールがどこにもいないの。私、家中探したんだけど見つからなくて……」

泣き出しそうなソルアを元気づける。

「安心しろ、すぐに見つかるさ」

「でも、最近のルナールはずっと元気がなかったの。私が話しかけても黙ったままで、ずっと塞ぎ込んでいたわ。私、ルナールに悪いことをしたのかな？」

「ソルアは悪くないさ。ルナールにも考えがあってのことだと思うぞ」

とにかくルナールを探さなくてはならない。

「ガーグル、空から家の周りを見てくれ」

「おう」

さすがのガーグルも文句など言わず、黒い翼をはためかせて窓から飛んで行った。

入れ違いにチャイムが鳴った。誰かが門のところに来たようだ。ひょっとしてルナールだろうか？　慌てて玄関に向かうと、それは本を抱えたララベルだった。

「ごめん、この本も預かってもらえないかな？」

「それはかまわないけど、来る途中でルナールを見なかったか？」

「見てないけど……、なにかあったの？」

俺はこれまでの事情をララベルに説明した。ララベルはルナールがしゃべらなくなった理由に心当たりがあるようだ。

「これは推測だけど、ひょっとしたら言葉を封印して魔力を高めていたのかもしれないわ」

「そんなことができるのか？」

「東の魔女たちに伝わる術よ。あの子がお母さんからこの話を聞いていれば、実践してもおかしくないわ」

「だが、なんのために？」

俺の質問に答えてくれたのはソルアだ。

「ルナールはずっと悔しがっていたの。自分がもっと正確に予知できれば人々も自分の言葉を信じてくれたかもしれないって」

「そのために魔力を高めて、より正確な未来を垣間見ようとしたわけか」

二人の話をつなぎ合わせてルナールがしようとしたことが見えてきた。

ソルアが確信を持って断言する。

「トウヤ、ルナールはきっと高いところにいるよ」

「高いところ？」

「予知能力は高いところであればあるほど力が増すの」

この辺で高いところといえば……。

俺は傍らにいたジュンちゃんの背中に飛び乗った。

「山頂だ！　ジュンちゃん、バガッド山の山頂に俺を連れていってくれ。急ぐんだ！」

ジュンちゃんはすぐに全速力で急斜面を駆け出した。

山頂は雪に覆われて真っ白だった。紫外線に眩む目を凝らすと雪の中に倒れている小さな体があった。

「ルナール！」

叫びながら駆け寄りルナールの体を起こす。

「ルナール、返事をしてくれ。目を開けるだけでいい！」

冷え切った彼女の首に手を当てて温める。

「トウヤ……？」

「そうだ、俺が来たぞ。ルナール、痛いところはないか？」

ルナールは困憊《こんぱい》しきった様子だったけど、首を横に振った。よく観察したが凍傷の痕などもなさそうだ。彼女の中に流れる竜人の血が極寒からその身を守ったのだろう。

「お父さんから受け継いだ強靭な体が君を守ってくれたんだな。さもなければ危なかった」

「守ってくれたのはお父さんだけじゃないよ。トウヤも守ってくれた」

「俺が？　俺は今頃になってのこのこと……」

ルナールの様子が変だったのに目を離したのは俺の落ち度だ。だが、自分のふがいなさを呪う俺の手にルナールは小さな金属器を渡してきた。

「これは……俺が渡した魔導カイロ……」

「トウヤの言ったとおりだった。小さな魔結晶を入れていただけなのに、ずっと暖かかったよ。まだ暖かい」

もともとは寒さに弱いガーグルがうるさいので作ったアイテムだったが、結果的にこれがルナールの役に立ったか。

「さあ、家に帰ろう」

抱き上げるとルナールは俺の耳元で囁いた。

「ずっと話をしなかったのは魔力を高めるためだったの。ごめんなさい」

「なにか理由があるのはわかっていた。みんなを救おうと頑張ったんだな」

「でも、おかげで災厄のことがわかったよ」

「どんなこと？」

「明日のお昼、太陽が空の真上に来たとき、あの山から古の邪竜がゾンビとして復活するの」

「まさか、邪竜エグビルか？」

この地方には二つの山がある。一つは俺たちが住むバガッド山。もう一つが邪竜エグビルを封印したとされるエグビル山だ。

その昔、神の言葉に逆らって天界を追放された堕天使バガッドは、邪竜に苦しめられる人々に同情してエグビルをあの山に封印したという。

山頂からはノンドラックの街だけでなく、エグビル山もよく見えた。黒い岩だらけの山肌からは今も瘴気が立ち上り、動物も住み着かないようだ。

「街の人は助かる？」

ルナールは心配そうに囁く。

「ルナールがこれだけ頑張ってくれたんだ。必ず助けるさ。あとは俺に任せておけ」

ルナールを抱き上げたまま、俺はジュンちゃんに跨った。


災厄の詳細がわかったので、俺とララベルは再びノンドラックの町長に伝えに行った。ところが、というか、予想どおり町長は俺の言うことを信じなかった。

「いやいや、エグビルが復活するなど、とんでもないことですな。ですが、その兆候はまったくないではありませんか。いくら人形師の先生が召喚されし者でも、そんな大それた話は信じられませんよ」

人は変化を恐れるものらしい。たしかホメオスタシスだっけ？　恒常性維持の本能が働いていると、なにかで読んだことがある。そういうのは魔法が存在する異世界であっても同じというわけか。

これが都でクエン・ゴリナあたりなら、俺の言うことも信じてくれたかもしれないけど、地方では異世界人の信用度も低いようだ。

それはそうか、田舎に移住する異世界人なんて俺くらいのものだ。

俺は町長の説得を早々にあきらめて家に戻ることにした。

「ララベル、君も家に来るんだ」

「まだ時間はある。地下室に本を移動してからいくわ」

「手伝ってやりたいところだけど、俺はやらなければならないことがあるんだ。本の移動なら自動販売所のア・ウンを使ってくれ。うちに来るときはあいつらの背中に乗せてもらえばいい」

「わかった。でも、私もぎりぎりまで本の整理をしたいから……」

「無理をするなよ」

町の人の避難はあきらめるしかないか。下手に触れ回ると逮捕されてしまうもんな。それで時間を無駄に使うことは避けたい。こうなったら俺の手でなんとかするしかないか……。


「どうだった?」

玄関を開けるとすぐにルナールが聞いてきた。

「町長さんに警告してきたけど、全員が避難するのは難しいようだ」

「…………」

「そんな顔をするなよ。邪竜は俺が倒すからさ」

「トウヤが?　そんなことできるの?　邪竜を封印したのは天使バガッドだよ。その天使でさえ邪竜と一緒に死んじゃったんだよ!」

「俺はこの世に二人といない創造魔法の遣い手だぞ。なんとかしてみせるさ。今から俺は武器の作製に入るから邪魔をしないように」

俺が自室に入ると後ろからガーグルもついてきた。

「どうするつもりなんだ？」

「さすがにこいつじゃどうしようもないよな」

ホルスターのマジックガンが今日はやけに頼りなく見える。

「都に応援を頼めないのか？　トウヤと一緒に来た奴らならなんとかできるかもしれないぞ」

剣聖の村井君あたりなら邪竜と張り合えそうだけど、彼らを呼びに行っている時間はない。

門真さんみたいな移動魔法は使えないのだ。

こんなことなら通信機を作って門真さんに渡しておくんだったな。だが、今さら言っても遅いか。彼らとの没交渉を望んだのは俺の方なのだ。

「新しい武器を作ってみる。大出力のマジックガンみたいなものだ」

近接戦闘は苦手だから選択肢はこれくらいしか思いつかない。対物ライフルのような大出力のマジックガンを作ってみよう。

「そんなもので邪竜を倒せるのか？　ただの邪竜じゃなくゾンビだぞ」

「理論上、厚さ七十ミリのオリハルコンでも貫通する」

「げっ……。威力は問題なさそうだな。だが、間に合うのか？　奴が復活するのは明日だぞ」

「問題はそこだ」

時間は明日の昼までしか残されていない。おそらく発射テストもできないだろう。いずれにせよ、高出力ゆえに手持ちの魔結晶をかき集めても弾は一発分しか作れない。

「試し撃ちすらできないのか？　失敗したらどうなる？」

「……もし俺が死んだら、ガーグルが子どもたちを学院まで連れていってやってくれないか？」

「おまっ！」

「ララベルは店があるだろうし、暇なのはガーグルだけだからな。それに、信用できるのも」

「トウヤが死んだら俺との契約は切れるんだぜ。俺はもう使い魔じゃなくなる。自由な遊び魔で、言うことを聞く必要だってなくなるんだ」

「だから頼んでいるんじゃないか」

ガーグルはさも迷惑そうにため息をついた。

「やってくれるのか？」

「気が向いたらな」

「そうか、ありがとう」

「気が向いたらって言っただろうが！　そんな面倒なことは俺に押しつけずに自分でやれ。そもそもガキどもを引き取ったのはトウヤだろうが」

「焚きつけたのはガーグルだろう？　お前も責任を感じろよ」

「ケッ！」

ガーグルなら子どもたちをきちんと学院に送り届けてくれるだろう。俺はまったく心配していなかった。

夕方に舞い出した雪が夜になって本格的に降り出した。こんな豪雪は初めてのことだ。スノーモービルがなかったら明日の移動は絶望的だったかもしれない。

しんしんと雪が降る中、俺は徹夜でライフルを作った。夜が明けてライフルは完成したけど、肝心の弾丸がまだである。それなのに時間はもうない。作製はぎりぎりになるだろうから、現地で作るとしよう。

俺は子どもたちに心配をかけないように努めて明るく声をかけた。

「それじゃあ、ちょっと行って邪竜を倒してくる。英雄になってくるぜ。お土産はなにがいい？」

「お土産なんていらない！」

「無事に帰ってきて！」

ソルアとルナールが泣きながら俺に抱きついてきた。

「心配なんていらないさ。いざとなったら逃げ帰ってくるからさ」

双子をガーグルに託して俺は出発した。

雪はやみ、群青色の青空が広がっていた。風もなく周囲は静まり返っている。こんな日に邪竜が復活する？　ちょっと信じられないほど穏やかだが、ルナールの予知を疑っているわけじゃない。スノーモービルをノンドラックまで走らせた。

ノンドラックに到着すると俺は城壁の上に登った。ここからだとエグビル山がよく見えるからだ。

ライフルを傍らに置き、創造魔法を展開して邪竜エグビルを葬るための弾丸を作製する。三十二キロ相当の魔結晶を凝縮して一発の弾丸を作り上げれば、それなりの威力は期待できるだろう。

本当はララベルのところに顔を出したかったが、その時間さえないくらい差し迫っていた。やつの復活はもう間もなくだ。

焦る気持ちを抑えつつ俺は弾丸を作成していく。作りながら、いったい俺はなにをしているのだろうと、思わなくもない。こんなことは柄じゃないのだ。

だが、それを言い出したら行き場のない子どもを引き取って養育するなんて、もっと俺の柄じゃないと思う。チート級の能力を手に入れても、自分の人生はなかなか思い通りにはいかないようだ。

太陽はどんどん空を駆け上がり、冷たい冬の空から恵みの光を降らせていた。ルナールの予知によればエグビルの復活は太陽が真上に来るときだ。

弾丸の作製はぎりぎり間に合うだろう。それでも気を抜かずに作製を続けていると、息を切らせたララベルが城壁の上を走ってきた。

「やっと見つけた！」

「まだ避難をしていなかったのか。早くここを離れろ。エグビルの復活はもう間もなくだぞ」

ララベルはライフルと作製中の弾丸を交互に見る。

「トウヤがなんとかしてくれるんでしょう？」

「失敗することだって考えられる」

「トウヤなら大丈夫だよ」

「そんなことわかるもんか」

弾丸は一発しかないのだ。それに俺は戦闘向きの人間ではない。

ララベルは俺から街へと視線を逸らせた。

「ノンドラック書店……。あの本屋を見捨てたくないの。あそこは私が一から作ってきた大切な場所だから」

「生きていれば店はどこかで再開できるだろう？　死んでしまえばそれまでだ」

「これはついでだけど、誰にも知られずに街を守ろうとしているどこかのお馬鹿さんも見捨てたくないのよ……」

「…………」

こういうとき、なんと返事をすればいいのだろう？　俺はなんでも作れるくせに、肝心なときに気の利いたセリフ一つ返せない……。

ララベルの思いに答えることはせず、俺は一言だけつぶやいた。

「できた……」

俺の手の中でプラチナのように輝く大きな銃弾が完成した。

「それが、邪竜エグビルを倒す武器？」

「ああ、この弾をこの筒で撃ち出すんだ」

弾丸をライフルに込めて俺は待つ。二人の間にある沈黙が重くて、早くエグビルに復活してもらいたいような気持ちにさえなった。

だが、すぐにそのときはやってきた。太陽が中天に差しかかると遠くの方で地響きがした。

「エグビル山が揺れている……」

ララベルはガクガクと膝を震わせていた。

「とうとう出やがったか」

山肌の亀裂から巨大なドラゴンが出現した。スカウター・グラスの情報によると体長は三十六・六四メートルもあるようだ。

俺としてはファンタジー小説に出てくるようなドラゴンを想像していたのだが、実際は特撮映画で見た怪獣のような姿をしている。

背中の翼は小さく、飛行能力はないようだ。また、前足は地面につけず、二足歩行をしているのも特徴的だった。

エグビルはまっすぐ街に向かってきた。歩行スピードはおよそ時速三十七キロ。十五分ほどでノンドラックに到達するだろう。

「トウヤ……」

「こいつの威力は絶大だが、一発で仕留めるには頭部への攻撃が欠かせないんだ。もう少し引きつけて撃つ」

「うん……」

街の人々も復活したエグビルに気づきだしたようで、あちらこちらで混乱が起きている。

「ララベル、やっぱり君は避難しろ。ここは危険だ」

再度の説得にもララベルは応じなかった。

「人付き合いが嫌いなくせに、街のみんなを守ろうとするんだね」

「嫌いだなんて思っていない。人間関係が煩わしいだけだ。それに……、俺にだって大切に思う人はいる」

「この町にも？」

「ああ、この町にもだ」

俺はエグビルから視線を逸らさずに話し続けた。

「おしゃべりはここまでだ。もし俺が奴を仕留められなかったらバガッド山へ逃げろ」

「トウヤはどうするの？」

「俺はみんなが避難する時間を稼ぐ」

照準をエグビルの眉間に据えて俺は発射のタイミングを待つ。だが、つくづく俺は戦闘向きの人間ではなかったようだ。

もしこの一発を外してしまったら……。そう考えたら、この土壇場で俺の体は震えだし、照準が定まらなくなってしまった。

「クソがぁっ！」

場数を踏んでいない俺などこんなものか？

「トウヤ……」

「もう行け！　必ず奴を倒せるとは限らないんだ！」

焦る気持ちで声がでかくなってしまう自分が情けなかった。こうなれば、なるべく外さないように限界までやつを接近させるしかない。

「大丈夫、私も一緒だよ」

ララベルが後ろから俺を抱きしめてくれた。

「私もここにいる。なにもできないけど、気持ちだけはトウヤと一緒に戦うから」

これまで子どもたちを抱っこしたり、すぐにさぼるガーグルをおんぶしたりしてきたけど、人に抱きしめられたのはいつ以来だろう……。

目を閉じてララベルのぬくもりを感じていると、俺の震えは次第に収まってきた。誰かと一緒というのはこれほどまでに心強いものなのか。

「すぐに終わらせる」

再び銃口をエグビルに向けると、今度はピタリと照準が定まった。そのままの態勢で俺はエグビルが接近するのを待つ。今でもじゅうぶん射程距離なのだが正確を期したかったのだ。

ついにエグビルが城壁まで二百メートルの距離に近づき、宙に向けて咆哮を上げた。轟音が激しく鼓膜を揺さぶったが、俺は動かずに待った。

そして再びエグビルが顔を下げたとき、俺は静かに引き金を絞った。

対物ライフルから放たれた一撃は刹那でエグビルの眉間をとらえた。果物の皮が弾けるみたいな音がしてエグビルの後頭部が吹き飛んでいる。

「やったか！　……え？」

どういうことだろう？　ライフルの弾丸はエグビルの頭を貫通したというのにやつは動きを止めない。

慌ててスカウターで確認したが、やつの生体反応は消えていなかった。ゾンビとなった邪竜は脳で考えて行動しているのではなく、ある種の怨念によって体を動かしているようだ。

エグビルを完全に止めるには、その怨念を消し去るか、体を完全に破壊するしかないのだろう。

不意にエグビルが方向を変えた。

「お、おい、どこへ行く気だ……」

エグビルはうつろな目でバガッド山を睨んでいる。まるでかつての宿敵をその目に捉えたかのように。

今度はバガッド山を破壊しようとしている？　脳が破壊されたことによって、より怨念の力が強くなり、天使バガッドのことを思い出したのかもしれない。

「おい、そっちに行くな！」

ホルスターからマジックガンを抜いてエグビルを撃ったが、まったく意に介していなかった。もっと至近距離で撃って奴の気を逸らさなくては！

走り出した俺の後ろからララベルの声が聞こえた。

「無茶よ」

「山には子どもたちとガーグルがいるんだ！」

パワー・リングが俺の四肢に力を与えてくれる。俺は魔力を開放して全速力でスノーモービルまで走った。

エグビルはノンドラックに背を向けバガッド山へ向かっていた。宿敵の墓を掘り返そうとでもいうのだろうか？

頼む、みんな！　エグビルに気がついて一刻も早く避難してくれと、心の中で何度も繰り返した。

「行くな！　そっちに行くんじゃない！」

先ほどから何発もマジックガンで撃っているのにエグビルはいっこうにお構いなしだ。そろそろ俺の魔力が尽きてしまうぞ。

万策尽きかけたとき、空中からガーグルの声がした。

「トウヤ、右側の斜面を登れ！」

「どういうことだ？」

「説明している暇はない。俺と子どもたちを信じろ！」

ガーグルの声には自信が溢れていた。俺はガーグルに従い、エグビルの進行方向から右に逸れる。すると、すぐにいくつもの爆発音が聞こえてきた。これは俺が作った人工雪崩誘発剤が爆発する音か！

スノーモービルを止めて斜面を見上げると、そりコースに沿って昨晩降った大量の雪が岩や樹木を伴って雪崩れてくるではないか。

地響きを立てながら流れてくる雪をエグビルがぼんやりと眺めている。もう、危機を感じることもできないゾンビだからなのだろう。

だが俺は奴と心中する気はない。スノーモービルのスロットルを全開にして山道をなんとか駆け上がった。

俺のすぐわきを雪崩が過ぎていく。その質量はスカウター・グラスでも測りきれないほどだ。エグビルはなすすべもなく雪崩に飲まれて見えなくなってしまった。

俺のもとにガーグルが降りてきた。

「これはガーグルがやったのか？」

「俺はほんの使い走りさ。主犯はガキどもだよ」

「ソルアとルナールが？」

「ルナールがエグビルの侵入する場所と時間を予知して、ソルアが爆弾を使って雪崩を引き起こしたんだ」

「なんてこった……」

「ちなみに、双子を頂上まで運んだのは俺さまだ。鈍い、低いと弄り倒された俺の飛行能力も捨てたもんじゃないだろう？　最弱の魔物と言われたクランプが邪竜を倒す片棒を担いだんだ。大金星だぜ！　今日から俺のことは『竜殺し』と呼んでくれ」

なおもしゃべりつづけるガーグルを無視して、スカウター・グラスで雪の下の生体反応を探る。だが、さすがの邪竜も今度こそは完全に息の根が止まっていた。

しばらくするとジュンちゃんに乗った子どもたちが山から下りてきた。

「やったよ、トウヤ。私たちエグビルをやっつけたよ！」

ソルアが飛びついてくる。

「勝手なことをして怒ってない？」

ルナールは不安そうに俺を見上げている。

「怒ってなんかないさ。でも、あんまり心配をかけるなよ」

ソルアが聞いてくる。

「私たち、役に立てたかな？」

「ああ、創造魔法よりよっぽど役に立てたさ」

ガーグルが胸を張る。

「何度も言うようで恐縮だが、双子を頂上まで運んだのは俺だからな！　俺の活躍も忘れないように。あ、そうだ！　タイプライターで自伝を書いておこう」

どうせ、自分を主人公にした嘘ばっかりの物語を書くのだろう。だが、それはそれでおもしろい小説になりそうだ。

ルナールがおどおどと聞いてくる。

「ところで、今晩はどこに泊まる？」

「へっ？」

「家はもうないから……」

そうだ、俺の家はそりコースの横にあったんだった！　エグビルを押し流すほどの雪崩である。家が残っているはずもないか……。

「貴重品はどうなった？　子どもたちの入学証明書とかは？」

ガーグルが腕を組んで偉そうに答える。

「そのへんは抜かりないぜ。重要書類や金貨は地下シェルターに移した。ララベルの本も無事だ」

あそこは核シェルターなみに頑丈だから、上の建物が流されたとしても問題はないだろう。

「トウヤ、怒った？」

ソルアが心配そうに俺の顔を覗き込んでくる。こうなったらもう笑うしかないな。

「怒ってなんているもんか。俺は創造魔法の遣い手だぜ。作るのが楽しくて仕方がない種類の人間なのさ。家が雪崩で押し流されたんなら、また新しいのを作ればいいだけだ。ルナールもソルアもよくやってくれたな！」

二人の頭に手をのせると二人は俺に抱きついてきた。

この子たちといられる時間はあとわずかだ。春になればこの子たちは学院に入学する。せめてそれまでの日々を大切に過ごすことにしよう。

疲れ果ててテントを作製する気力さえなかった俺は、ノンドラックのホテルに泊まることにした。新しい家の建設は明日からだ。

双子はジュンちゃんの背中に、俺とガーグルはスノーモービルに乗って移動する。

俺の背中につかまりながらガーグルはあれこれとがなり立てた。

「ホテルはいちばんいいホテルだぞ。それから、俺のベッドはダブルにしてくれよ。狭いと寝つきが悪くなるんだ」

「へいへい……」

野宿旅のときだって平気で寝ていたくせに、よく言うよ。だけど、邪竜討伐にガーグルが活躍したのもまた事実だ。今日くらいはわがままを聞いてやるとしよう。

「それと、夕飯は肉料理がいいな。今日は羊の気分だ。前菜はトリュフのラビオリを食うとしよう」

「美食王の仰せのままに」

「うむ、よきにはからえ！」

門をくぐって街へ入ると、すぐにララベルが駆け寄ってきた。ずっと俺が戻るのをここで待っていてくれたようだ。

「トウヤ！　無事だったのね」

「邪竜は死んだよ。もう大丈夫だ」

そう告げると、街の人々が歓声を上げた。ララベルは子どもたちをジュンちゃんから降ろして抱きしめる。

「二人とも無事でよかった……」

ソルアはララベルの腕の中でくすぐったそうにもがいた。

「平気だよ。私たちが邪竜をやっつけたんだから！」

ルナールはララベルの髪に自分の顔を埋めている。

「ララベルお姉ちゃん、もう怖くないからね」

無事を喜び合う三人を眺めていたら、ばつの悪そうな顔をした中年男性が群集の中からこちらに近寄ってきた。ノンドラックの町長さんである。

「人形師の先生……」

「ああ、町長さん。こんにちは」

町長さんはガバッと頭を下げるなり、大きな声で謝罪してきた。

「先生があれほど忠告してくださったのに私は少しも信用しなかった。それなのに先生は身を挺して街を救ってくださった」

「いやいや、邪竜をやっつけたのは俺じゃなくてこの子たちですよ」

俺の言葉にガーグルがずいっと前に出てくる。

「聞いたとおりだ。すぐ、凱旋祝賀会の用意をするように」

「調子に乗るな」

俺はガーグルを軽く小突いた。

「なにをする、トウヤ。俺さまは英雄だぞ！　俺の活躍があったからこそ、邪竜は雪崩の下敷きになったのだ！」

「それは何回も聞いたって。だから、美味しい晩御飯を食べさせてやるって約束したんだろう？」

「それとホテルのダブルベッドもだ！　上等な赤ワインも用意しろ」

「ワインが増えているじゃないか！　いい加減にしないと……」

町長さんが俺たちの間に割って入る。

「お食事とお宿ですね。それでしたら私が用意しましょう」

ガーグルはピタリと落ち着き、町長さんの顔を下からうかがった。

「そうか？　英雄にふさわしいスイートルームだぞ。あと、メインディッシュは羊が食べたい。骨付きのロース肉と臓物料理もだ」

「贅沢を言うんじゃないって。町長さん、本気にしなくていいですから」

「いえいえ、ほんのお詫びとお礼の気持ちです。それくらいはお任せください。さあ、まいりましょう」

町長さんの先導で俺たちはホテルへと歩き出した。歩いている間にも沿道にはノンドラックの人々が続々と詰めかけ、俺たちに感謝の言葉を投げかけてくる。

凍った冬の道をのっしのっしと歩きながらガーグルは得意満面だ。ソルアとルナールも周囲を見回してにっこりしている。きっと晴れやかな気持ちなのだろう。この子たちが讃えられて、俺も誇らしかった。

6　サヨナラの季節

眠るような長い冬が終わり、目覚めの春がやってきた。肌寒く、花の開花はまだまだだが、陽光のきらめきに人々は心を弾ませている。

そんなうららかな春の日に、俺たちは久しぶりに都までやってきた。本日はついにカーナル中央学院の入学式なのだ。そして俺たちの別れの日でもある。

入学式で俺とガーグルは保護者席に座ることができた。子どもたちは新入生の席でおとなしく先生方の話を聞いている。

お転婆なソルアも騒ぐことはなく、内気なルナールも少しだけ堂々としていた。この半年間でずっと大人になった気がする。

普段なら来賓のあいさつなどまともに聞かないガーグルさえもが、神妙な態度で黙っていた。

やがて式典も終わり、俺たちは最後のお別れをするために校舎前の広場に出た。これから子どもたちは教室に入り、入寮のオリエンテーションを受けるのだ。

広場には別れを惜しむ親子の姿が幾組も見られる。厳粛な顔を崩さない父親、涙を浮かべる母親、感無量の祖父、背を丸めて泣く祖母。

さて、血のつながらない保護者はどんな態度で臨めばいいのだろうか？

「おおい、こっちだ！　こっち！」

宙に浮いて子どもたちを探していたガーグルが大声で二人を呼んだ。子どもたちはまっすぐに俺の方へ駆けてくる。

「どうだ、学校を楽しめそうか？」

「うん、もう友だちもできたよ！」

ソルアなら心配いらないか。

「ルナール、不安はないか？」

「平気。勉強は楽しみだから」

ルナールは事前に手に入れた教科書をすべて読んでしまったくらい勉強熱心だ。

「いよいよお別れだな」

「うん……」

肩を落とす二人に俺は一冊の本を手渡した。

「これは、俺とラベルからのプレゼントだ。残念ながら一冊しかない。二人で仲良く読んでくれ」

二人は緑色の皮表紙に目をやった。

「難しい題名かもしれないけどゆっくり読んでごらん」

「えーと……、み、民間療法における……薬草の……で、伝承　箸　ルイネーズ・リーデン」

「ルイネーズ！」

「お母さんの名前だ！」

「そう、これは二人のお母さんが書いた本だ。人気の本らしくララベルに探してもらってようやく一冊だけ手に入れることができたんだ」

子どもたちは二人がかりで本を握りしめ、じっと著者の名前を見つめている。

「俺も目を通したが素晴らしい内容だった。お母さんは人々が身近な薬草を最大限利用できるようにその本を書いたのだろう。今はまだ難しいかもしれないけど、しっかりと学院で学べばすぐに読めるようになる」

「ありがとう、トウヤ」

「私、いっぱい勉強して立派な魔女になる」

こらえていた感情が爆発したのか、子どもたちは大粒の涙をこぼしながら俺に縋りつく。

ソルアが俺の右手を取る。

「夏休みになったら、本当にバガッド山に帰ってもいい？」

ルナールは左だ。

「私たちのこと邪魔じゃない？」

「邪魔なもんか。必ず迎えに来る」

「ありがとう、トウヤ。ソルアはトウヤのおかげで幸せだったよ」

「ありがとう、私たちを救ってくれて」

先生がクラスの子どもたちを呼びに来た。

「さあ、もう行かないと。なにかあったら手紙を書いてよこすんだ。緊急の場合は王宮にいる門真さんに相談するんだぞ。必ず俺に連絡が行くようにするから」

「うん……わかった」

二人は涙を拭いて、教室へ移動していく。行け、振り返らずにそのまま行ってくれ。君たちに情けない顔は見られたくない。

校舎の前でもう一度双子が振り返り、俺も手を振り返した。

「安心しな、この距離じゃあ、小汚いお前の泣き顔は見えやしねえさ」

ガーグルが声を震わせながら悪態をついた。自分だってぐちゃぐちゃな顔をしているくせに。

そして子どもたちは学院の中に入り、俺たちは大きなため息をついた。それは安堵と悲しみがブレンドされた、大きな、大きな、ため息だった。

「ふぅ……、これで肩の荷が下りたな。だが、人嫌いだったトウヤがここまでほだされるとは思わなかったぞ」

「別に俺は人嫌いじゃない。たぶん、人間関係に怯えていただけなんだろうな……」

それでも、双子のおかげで俺はいろいろと変われたのだと思う。

なんのことはない、救われたのは俺の方であり、幸せだったのは俺も一緒だったのだ。

「さて、これからどうする？」

「バガッド山へ帰るさ。ま、その前にあちこち寄ってもいいかな」

「ララベルのことを放っておいていいのかよ？」

ガーグルはニチャアッとした笑顔で俺の脇腹をつついた。

「ララベルは関係ないだろう！　のんびり帰ればいいんだよ……。まあ、子どもたちがいつ帰ってきてもいいように家の修繕をしないとな」

帰れる場所があるというのは幸せなことだと思う。豪華な城じゃなくてもいい。あの子たちが安心して戻ってこられる場所を提供できればそれでいいのだ。

でもちょっとした遊び心は加えたいな。うん、今度の家は空を飛ぶなんてどうだろうか？

そんなことをしたら子どもたちやララベルに引かれてしまうかな？

でも仕方がないさ、俺は創造魔法の遣い手なのだから。

あとがき

　このたびは『英雄にならなかった俺は、チート双子の保護者になりました～最強の創造魔法の使い手なのに、拾ったちびっこたちには敵わない？～』をお買い上げいただき、ありがとうございました。

　また、イラストを描いてくださったsaraki先生、本書の発売にあたりご尽力を賜ったすべての方々に感謝申し上げます。ありがとうございました。


　泣き言を言うようで申し訳ないのですが、今回の作品は書くのに苦しみました。幼い子どもを物語の中心に据えるというのは、私にとって初めての経験だったからです。

　これまでも作品に子どもを登場させたことはありましたが、エピソードの中の一幕か二幕くらいで、こんなにも長く子どもを描いたことはありません。

　子ども時代なんて遥か昔であり、私が知っている子どもは自分の娘くらいのものです。周囲を見回してもモデルケースがありません。

　それは読書傾向にも表れていて、幼女が活躍するラノベがいくつもあることは知っていても、読んだことがなかったのです。小さな子どもが活躍する作品なんて、少年時代に読んだ『十五少年漂流記』や『オリヴァー・ツイスト』くらいでした。子どものキャラクター作りや、感情の動きには苦労しました。

一方でガーグルというキャラクターは楽々と書けましたね。こちらは編集さんの「口と性格に難のある仲間を」というアイデアを取り入れて創作したキャラクターですが、生き生きと、伸び伸びと、書くことができました。

それはそうです。だって、あれのモデルは私ですから！　お調子者で口ばっかりのところなんて瓜二つですよ。

というわけで、この物語を読んで楽しかった諸君、感謝の気持ちを表したいというのなら編集部宛てに美味いものでも送ってくれたまえ。

ラノベ界の美食王である俺さまが食ってやるぜ！

なに、偉そうだから送らない？

えーと……、「あんまりおもしろくなかったけど、かわいそうだから送ってやる」という料《りょう》簡《けん》でもかまわないのだ……。俺さまはいつまでも待っているからな！

読者のみなさま、また違う物語でお会いしましょう。それまでどうかお元気で。

長野《ながの》文三郎《ぶんさぶろう》

英雄にならなかった俺は、チート双子の保護者になりました
～最強の創造魔法の使い手なのに、拾ったちびっこたちには敵わない？～

2025年1月24日　初版第1刷発行

著　者　長野文三郎

発行人　菊地修一

発行所　スターツ出版株式会社

〒104-0031　東京都中央区京橋1-3-1　八重洲口大栄ビル7F
TEL　03-6202-0386（出版マーケティンググループ）
TEL　050-5538-5679（書店様向けご注文専用ダイヤル）
URL　https://starts-pub.jp/

印刷所　大日本印刷株式会社

ISBN　978-4-8137-9410-3　C0093　Printed in Japan

［長野文三郎先生へのファンレター宛先］
〒104-0031　東京都中央区京橋1-3-1　八重洲口大栄ビル7F
スターツ出版（株）　書籍編集部気付　長野文三郎先生